JN215579

乙女な騎士の萌えある受難

登場人物
紹介
キリアドール
アルバトス国の国王。
芸術品のような美貌とよく回る舌を
武器に、国を立て直そうとしている。
いつもニコニコしていて優しいが、
寝起きは悪魔のように怖い。
ルディアス
アルバトス国王に仕える近衛騎士。
伯爵家の次女だが、ひょんなことから
男に間違われたまま騎士になって
しまった。キリアドールを心から崇拝
していて、彼の可愛い姿を目にしては、
毎度心の中で悶えている。

エファローズ
ルディアスの姉で、
伯爵家の次期領主。
上品な見た目ながらも、
言うことは遠慮がない。
ミミティア
宮廷の侍女。
気が利いて仕事も
よく出来るが、
実は腐女子。
シャーロス
ルディアスが街で
暴漢から助けた女性。
清楚な美女だが、
男には手厳しい一面も。
ラグフェス
ルディアスの上司で、近衛騎士隊の
隊長。かなりの切れ者で、
部下だけでなく、幼なじみである
キリアドールにも厳しい。
アウレス
ルディアスの同期である
近衛騎士。真面目で
誠実な性格をしている。

序章

「なかなか壮観な光景だったね」

ここは多くの人々で賑(にぎ)わう王都リーグニールの大通り。

混じりけのない艶(つや)やかな金色の髪をかき上げ、凛々(りり)しく整ったお顔をほころばせながらキリアさまはおっしゃった。

このお方は、ここアルバトス王国の国王キリアドール陛下だ。十代の幼いみぎりに即位され、まだ二十四歳とお若い。だが、早逝(そうせい)された先代の国王陛下の後を引き継ぎ、この国の安寧を保たれている。

喧騒の中にあってもかなり人目を惹くお姿からは、隠し切れない王者の風格が滲(にじ)み出ていた。

私は、ルディアス・ユア・ナルサーク。「ユア」の称号が示す通り、アルバトス貴族に名を連(つら)ねている。二十歳の若輩者(じゃくはいもの)ではあるが、陛下の身辺警護を仰せつかっている近衛騎士だ。

明日の貿易協定締結のために、ドルザック王国大使率いる使節船団が港入りしたことを受け、陛下の視察のお供をしている。今は、リーグニール港へ行った帰りだった。

「これもひとえに陛下のお力によるものです。各国との交易は和平の証(あかし)でもありますし、使節団がリーグニール港を見れば、アルバトス王国の豊かさが証明されるというものでございます」

「今は『陛下』はなしだよ、ルディアス。お忍びなんだから」

「申し訳ございません、『若さま』。しかし、のんびりなさっておりますが、急ぎお帰りになりませんと。アルベス老の寿命が縮まりますし、ラグフェスさまがお怒りに――」

「明日の仕事の下見だよ、遊んでるわけじゃない。それに、ルディアスがいるんだから、何も心配はないさ」

陛下から信頼のお言葉を賜り、私は恐縮のあまりに頭を下げた。

国王キリアドール陛下は気さくなお方で、臣下に「キリアさま」と愛称で呼ぶことを容認してくださっている。即位の際に突然「陛下」と呼ばれ、人々から距離をおかれるのを嫌ってのことなのだという。実に敬愛すべき君主である。

私がキリアさまへの親しみを再認識した、そのとき――

「きゃああ！」

通りの向こうで、若い女性の悲鳴が上がった。そちらに目を向けると、混雑している通りを縦横無尽に行き交っていた人々が、ある方向を見て急に方向転換をしている。そのため、やけに不自然な人の流れができあがっていた。

「何だろう、ルディアス」

陛下に問われ、私は推測を交じえつつ答えた。

「善良な市民を混乱に陥れる事件が起きているようです。わたくしが見てまいりましょう」

「いいよ、一緒に行こう」

陛下と連れ立って騒ぎのほうへ近づいていくと、荒っぽい男の濁声と、悲鳴にも近い男女の声が聞こえてきた。

「旦那さま、私どものロバが道を阻みましたことはお詫び申し上げます。どうかお許しください。すぐどかせますので、何とぞロバの命だけは……」

「役に立たねえ駄ロバの命乞いをするからには、相応の誠意ってもんを見せろや。例えば、そこにいる娘とか」

「そんな、これは大事なひとり娘でございます！」

商人は助けを求めるように辺りを見回しているが、人々は商人と目が合いそうになると、巻き添えを食らわないよう足早にその場を通り過ぎていく。

どうやら、商人の連れていたロバが道の真ん中に座り込んで動かず、馬車の行く手をふさいでしまったことが原因らしい。

濁声の巨漢を含めた五人の男たちは、おそらく馬車の護衛だろう。見るからに悪漢という風情で威圧感を放っていた。

「こちらも大事な商談に向かうところだ、こんなところで刃傷沙汰にはしたくねえ。穏便にすませてやろうって言ってんだぜ」

すると、その様子を見ておられたキリアさまがゆっくりとした動作で前に出る。そして、巨漢の肩を後ろからトントンと叩いた。

「理由はともかく、暴力に訴えるのは感心しないな」

「なんだきさまは！」

陛下を見た瞬間、巨漢が一瞬怯んだのは、キリアさまの風格に圧倒されたせいだろう。

巨漢はキリアさまの手を振り払うなり、その肩を突き飛ばした。

「若さま、大丈夫ですか」

「ああ、大丈夫」

急いでお支えした私になんでもないと手を振ってキリアさまはふたたび巨漢に向き直る。

「このロバの主はわざわざアルバトスを訪ねてくれた旅人のようだ。ロバが立ち往生して困っていたなら、恫喝するより手助けをしてやってほしいな」

そうキリアさまはたしなめたが、むろん、理解が得られるはずもない。風貌に見合う凶悪な表情をした巨漢は、キリアさまの美しい顔をねめつけた。

「俺たちに説教する気か。こいつぁいい！」

ガハハと地鳴りのような男たちの笑い声が上がる。そして巨漢は太い腕を伸ばし、あろうことかキリアさまの胸倉をつかみ上げようとしたのだ。

「触れるな、この方が穢れる」

私は、とっさに巨漢の毛むくじゃらの手を撥ねのけた。

先ほどは、迂闊にもキリアさまに後れを取ってしまったので、黙って控えていたが、もう私の忍耐は限界だ。馬の綱を陛下に預け、巨漢の手首をつかむなり、くるりと腕ごとひねってやった。すると見上げんばかりの巨漢がいとも簡単に転倒する。これはごく初歩的な体術だ。

「若さまは後ろでご見物を」

「この若造が！」

巨漢が倒れたのを見て、他の取り巻き連中が怒気も露(あら)わに、私めがけて殺到してきた。

私は這いつくばる巨漢の背中を右脚で踏みつけ、立ち上がれないように動きを封じると、腰に下げている剣をつかんだ。鞘に入ったままの得物で、男の側頭部を一撃して沈める。

続く二人目の短剣を受け流すと、鞘の先端で男の胸を突いて動きを止めた。

左右から同時に襲ってきた三人目と四人目には、鞘の中央部を持ち、その両端を彼らの喉元に押しつけてやる。そして、よろめいたところに容赦のない金的蹴りを喰らわせた。

最後のひとりは、またたく間に仲間が全員沈んでしまったことに慄(おのの)き、とっくに戦闘意欲をなくしていた。とどめのように喉元に剣先で突きつけてやると、男はへなへなと崩れ落ちる。

「く、くそ――！」

踏みつけられたままの巨漢が屈辱の声を上げ、私の左足首をつかんだ。引き倒して私を転倒させようという魂胆だろうが、彼の期待に応(こた)えてやる義務はない。

巨漢の背中を踏んでいる右足に体重をかけ、トンと勢いをつけて軽く跳躍する。そして、そのまま脚を折り曲げると、男の背中に膝を落とした。

「ぐぅっ」

肺の裏側に全体重がかかった膝が落ちてきたので、男は息を詰まらせたようだ。痛みのあまりに私の足首を解放して、声もなく苦痛にのたうちまわった。

「若さま、お怪我は」

「どこも。しかし、見事だけど容赦ないね、ルディアス。痛そう……」

一部始終を眺めていた陛下は、悶え苦しむ巨漢に同情するようにおっしゃるが、私は唇を引き結んだ。

「このような下卑た者たちに、若さまの髪一筋でも触れさせたくはありません」

「頼もしいね」

そのとき、それまで全く開かなかった馬車の窓から老人が顔を出した。彼は御者に馬車を出すよう指示すると、五人の護衛たちを放置したまま道をどいたロバの横を通り、走り去ってしまったのである。

「おーい、仲間を忘れてるよ」

遠ざかる馬車に陛下が声をかけるが、もちろん返事はない。それと入れ代わるようにして、リーグニールの衛視たちがやってきた。

「これはいったいどうしたことか」

倒れている男が五人、剣を腰に収めて立ち尽くす私。どう見てもあやしいのは私のほうか。

事情がさっぱり呑みこめない衛視たちは、ひとまず私を尋問しようと身を乗り出してくる。

すると、この様子をおかしそうに眺めている陛下を認めたひとりの衛視が、弾かれたように平伏した。

「こ、国王陛下ではございませんか！」

　その叫びに、集まってきた衛視たちは一斉にひざまずいた。助けられた商人父娘や野次馬たちはもちろん、私が叩きのめした男たちも痛みを忘れて呆然とキリアさまを見上げている。

「ああ、困るね、衛視隊長。これはお忍びなんだから」

　笑いながら、キリアさまはひれ伏す衛視隊長を立ち上がらせた。

「彼らには、国王直轄領であるリーグニールにおいて、恫喝や暴力沙汰は禁止だと言い聞かせておいてくれ」

　この場でもっとも多くの暴力を振るったのは私だが、陛下はそのことに触れず、しれっと衛視隊長に笑顔で言う。

「まことに面目次第もございません。引き続き、治安の維持に努めたいと存じます」

「よろしく頼むよ」

　人々は驚愕し、膝をつくことも忘れて、颯爽と馬にまたがる年若い統治者を眺めている。

「あれが国王さまかい……本当にお若いんだね。なんとまあ、絵姿よりもずいぶんと男前じゃないか」

「お付きの護衛の方はさすがにお強いですなあ、あんなに美男子なのに」

「陛下！　陛下の改革のおかげでリーグニールはずいぶんと暮らしやすくなりましたぞ！」

　方々から上がる声に陛下は気さくな笑顔で応えながら、馬をあやつってぐるりと人々を見回した。

「騒がせたな。リーグニールのみならず、アルバトス王国は国民のために、ここを訪れるすべての人々のためにある。困ったことがあれば、いつでも領主たる余へ」

キリア陛下が民衆に向けて手を振ると、歓声が上がった。見目がよく、気さくな国王陛下はアルバトスの民に人気がある。

陛下が即位してから七年、若さゆえに国王としての手腕はまだまだ未知数だが、少なくとも民衆に寄り添った改革をしようと努力しているのは、誰の目にも明らかだった。

そんな馬上の陛下を見上げ、近衛騎士である私も誇らしい気持ちでいっぱいになる。

（ルディアス・ユア・ナルサーク、陛下にお仕えできることを神に感謝いたします！　ああ、それにしてもなんて美しいお姿であられることか）

猛者(もさ)集団であるアルバトス近衛騎士隊に入隊し、陛下にお仕えすることができるなんて、至上の喜びだ。ますますキリアさまのお役に立てるよう、いっそう強くならなければ。

だから、私が実は女だということは、絶対にバレてはならない秘密なのだ——

第一章　近衛騎士の秘密

私ことルディアス・ユア・ナルサークが所属するのは、アルバトス王国騎士団の王都中央軍近衛騎士隊・第一隊。近衛騎士隊は総勢百二十名が在籍しており、他の騎士隊と比べて少人数だが、選りすぐりの精鋭が集められた一騎当千の集団だ。二十四時間、三交代制で国王の身辺警護や城内警備にあたっている。

私の所属する第一隊は、新兵の鍛錬を兼ねた早朝稽古から一日が始まる。

ロクシアン・ユア・マルガ近衛副隊長の号令のもと、型稽古からはじまり、新米の打ち込みの指導、実戦さながらの総当たり稽古までを行うのだ。

「もっと素早く打ち込まねば、ここで剣を返されてしまう。あっという間に喉を貫かれるぞ」

新米は、気迫は充分だが、太刀筋は大雑把だ。私は剣をひょいと受け流し、手抜き一切なしの一刀を新兵の喉元でぴたりと止めた。

「参りました、ルディアスさん」

「バカ、参ってる場合か。力だけに頼ろうとするな」

「はいっ！」

私もほんの数年前までは、彼らと同じく気迫と勢いだけでがむしゃらに打ち込んでいたものだ。

厳しかった先輩騎士の稽古（けいこ）を思い出しつつも、やはり同じように指導してしまい、つい苦笑いする。

これらは毎日欠かすことなく行われるハードな稽古（けいこ）だが、幼い頃から剣を友として成長した私には楽しい時間だ。

稽古（けいこ）を終えた第一隊所属の四十名がいっせいに食堂に入り、食事の席では剣技について侃々諤々（かんかんがくがく）と意見を戦わせる。この頼もしい「男の集団」にまざることができて、私はとても幸福だ。

「ルディアス。相変わらず速いな、おまえの剣は。今日もしてやられた」

「アウレスこそ、打撃の重さにいっそう磨きがかかったんじゃないか？　受け流した腕がまだ痺（しび）れてる」

同期のアウレス・ユア・クィスは騎士叙任以来、ずっと同じ部署に配属されてきた気心の知れた相手だ。クィス伯爵家の長男で、生粋（きっすい）のアルバトス人らしいくすみのない金髪と、実直そうな青い瞳を持つ青年である。

「昨日は陛下のお忍びに同行したんだってな、ルディアス。おまえがベルド商会の三下どもを伸（の）したと、衛視（えいし）隊の連中から聞いたぞ」

「ベルド商会？　あいつら、ベルド商会の連中だったのか。そうと知っていれば、もっとこてんぱんにしてやったのに」

『ベルド商会』というのは、リーグニールで手広く商（あきな）いをしている組織なのだが、裏ではずいぶんとあくどい商売をしているという噂がある。

陛下は、こういった裏稼業の連中が暗躍できないよう、大がかりな改革を打ち立ててこられた。

それにより、ベルド商会の勢いはだいぶ衰えたと聞いている。

「まあ、なかなか根絶やしというわけにはいかないものさ」

「そうだな」

アウレスとそんな会話をしてると、ラグフェス・ユア・ディヴィリアーク近衛隊長が食堂へやってきた。

キリア陛下とは幼い頃からのご学友であるラグフェス隊長は、若くして近衛騎士隊長を拝命した実力者である。今のところ、隊長を打ち負かせる者はおらず、隊員一同の憧れの的なのだ。

隊長は凛々しい顔を引き締め、今日の予定を告げた。

「本日正午より、キリア陛下はドルザック国の大使どのと昼食をご一緒される。場所は五階の翡翠の間。配置については先に周知した通り――」

隊員たちの士気をいやでも高揚させる鋭いお声で、隊長は的確に指示を出していく。

「では近衛騎士第一隊、持ち場につけ」

「はっ！」

こうして、近衛騎士隊の今日一日の勤務が始まった。

朝稽古で汗をたっぷり流して身も心もすっきり整えてから、キリア陛下のご寝所へお迎えに上がる。常ならば、陛下をお起こしするのは私の役目である。しかし今日は、正午からドルザック王国の大使どのとの昼食会があるため、いつもよりご起床の時間が早い。そのため、陛下をお起こしする役目は近侍の誰かが引き受けてくれているはずなのだが――

陛下の居室のある一画へ足を踏み入れると、待ってましたとばかりに、侍女が駆け寄ってきた。

「ルディアスさま、後生でございます。陛下をどうかお起こしくださいませ」

涙ながらに私に懇願してきたのは、宮廷に上がってまだ半年の侍女、ミミティア・ユア・ローカス嬢だった。

「陛下はまだお休みに？」

「……はい。何度もお起こしいたしましたが、どうしてもお目覚めには……。ドルザック国の大使さまとこれからご一緒することになっておりますのに」

まだ十六歳の少女に陛下を起こす役目を与えるなんて、近侍たちも人が悪い。きっと、自分に被害が及ばぬように侍女を差し向けたに違いない。

「わかりました、わたくしが参りましょう。ミミティア嬢は朝食の席を整えておいてください」

「は、はい。ありがとうございます、ルディアスさま」

まるで私を命の恩人のように潤んだ目で見上げていたミミティア嬢は、スカートをひるがえして退出した。

「さて――」

私はひとつ深呼吸をすると、ノックをして陛下の寝室の扉を開いた。

「陛下、ご起床の時間はとっくに過ぎておりますよ。起きてください」

部屋のカーテンはミミティアが開けていってくれたようだ。まぶしいくらいの陽光につつまれた広い部屋で、未だ陛下はぐっすりとお休み中だった。

やわらかそうな淡い金色の髪が、シーツの上でとろけるように輝いている。端整だが無邪気な寝顔は、どこか幼ささえ感じられた。

心で何を思おうと、それは生きとし生けるすべての人間に許された自由である――

（かわいい……キリアさま、今日は格別にかわいすぎます！　今にもヨダレが垂れてきそうな感じに半開きになった唇とか！）

思わずにやけそうになったものの、自制心を総動員して頭から邪念を振り払った。毎朝、このように陛下のお寝顔を見られるなんて、すばらしい役得だ。

このキリアさまへの悶えぶりでお察しいただけたかと思うが、私の本名はルディアンゼ・ユア・ナルサーク、紛うことなき女性である。

幼い頃にキリアさまを遠目に拝見し、そのお美しさに心を奪われたのだ。だが、一介の田舎貴族である私にとって王都は遠く、王城にいらっしゃるキリアさまは雲の上の存在だった。そんな私の唯一の取り柄は、剣。この剣一本でキリアさまのお側に仕える道を模索した結果、『男装の騎士』という存在ができあがった。

幼少期のキリアさまは病気がちでお身体が弱く、陽光でさえ害になると、深窓の姫君よりも大切に育てられた、アルバトスの至宝だ。だが、とてもお賢く、それでいて偉ぶったところのない白皙の美少年には、老若男女問わず誰もがメロメロになってしまう。

もちろん、私も例外ではなかった。幼心に天使を想いながら日々鍛錬を続けていたら、なんという幸運か近衛隊に任命されたのである。そして、陛下をお起こしすることのできる数少ない人材として、陛下のお側に上がることを許されたのだ。むろん、この私が女であることを知る者は、宮廷内に存在しない。

——私のことはさておいて。

陛下は肌掛けを抱きしめて、広いベッドの中央で猫のように丸くなっていらっしゃる。陛下のベッドは、身分に応じた国王級サイズだ。そのため、陛下の肩を揺さぶるためには、自分もベッドに上がらなければ届かない。だが、一臣下にすぎない私が陛下のベッドに上がることは許されなかった。

(ベッドに上がって起こしに行きたいのは山々ですが!)

……そのような不埒（ふらち）な乙女心はひとまず置いておこう。

私はキリア陛下がお抱きになっている最高級羽毛の肌掛けをむんずとつかむと、えいっと絶妙な力加減で空中に広げた。途端、陛下がごろごろとベッドの向こう側に転がったが、国王級の広さを誇るベッドなので、その玉体がベッドから転げ落ちることはない。

「朝でございますよ、国王陛下」

乱暴だとそしられようと、それ以外に陛下を速やかにお起こしする術（すべ）がないのだ。私なりに悩みに悩んで体得した技である。

転がされてようやく眠りから覚めた陛下は、夜空色の瞳を細め、まぶしそうに窓に背を向けた。

「今朝は……」

耳にじんわりと染み渡る、伝説の吟遊詩人もかくやというキリアさまの美声が、寝起きのため嗄れ声になってしまっている。だが、それを拝聴できるのは、片手で数えられるほどの人間にのみ許された特権だ。

（ああっ、なんて耳に心地よい音色――！）

むくりと上体を起こした陛下は、あの独特なタレ目を鋭くしたまま、私に向かって口を開いた。

「なんだってドルザックの変態野郎と会談――あまつさえ昼飯まで一緒に食わねばならんのだ。あ、クソ、なぜ余を起こしに来た。あんな醜いものを見なければならない余に気を利かせて、ぎりぎりまで眠らせてくれてもよかろう。そもそもルディアス、おまえがあの立小便将軍を捕虜になんぞするからこんな面倒が増えたのだ。なぜヤツの小便が終わるまで律儀に待っていた。背中からばっさり一刀両断、小便まみれにしてやればよかったではないか」

陛下は早口でそうまくしたてられ、羽根の枕を私に向かって投げてきた。

この『ドルザックの立小便将軍』というのは、私の初陣の際、早朝に立小便をしていた敵国ドルザックの将軍を偶然見つけ、ひっ捕らえたことから由来するあだ名である。

当時、ドルザック軍の将軍に任じられていたのは、かの国の第一王子だったのだ。大物を捕らえた功績があってこそ、こうして陛下のお側に上がれたわけで、私にとっては大恩人である。

ちなみに、陛下は公式の場では、硬い口調でご自身を「余」と言われる。プライベートでは「僕」とおっしゃるが、今は公の陛下が出てきていらっしゃるようだ。この公私の言葉の使い分けに、私は毎日胸をときめかせている。

「大変申し訳ございませんでした、陛下」

私は動じることもなく、陛下の香りに満ちた愛しい枕を受け止め、深々と臣下の礼をとった。最初はこの陛下の毒吐きっぷりには驚いたが、さすがに三年も付き合っていれば慣れるというものだ。

これはいわゆる『寝ぼけている』状態であり、同時に、陛下がすっきりとお目覚めになるための重要な儀式でもある。

日々ご多忙なキリアさまは、一日の公務で溜まった毒を就寝中に口元にすべて集め、目覚めとともにそれを吐き出すことによって、八つ当たりという名の毒素排出(デトックス)をなさっているのだ。

(キリアさまが毒素排出(デトックス)する相手は今のところ、ほぼ私だけ。なんておいしい……)

別に私は陛下に八つ当たりされて喜んでいるわけではないので、そのあたりは誤解なきようお願いしたい。愚痴をぶつけてもよい相手だと、陛下が私に心を許してくださっていることを誇らしく思っているのだ。

「それよりも、せめて身支度を整えられてください。ドルザック大使はとうにお目覚めでいらっしゃいまして、今朝も近衛隊の訓練をご見学に」

かつては敵国として戦ったドルザックも、今日(こんにち)では同盟国となっている。周辺諸国と手を取り合うのは実にいいことだ。だが、陛下はなぜかドルザック国を毛嫌いしており、公式の場では愛想笑いをしてみせるも、裏ではこのように毒づいている。

「あの大使のゲイドル(ブルドッグ)のような顔を見るのはいやだ」

「そう申されましても、陛下のお仕事でございますよ。それにゲイドルは厳(いか)つい顔のわりにかわいい犬です。全世界のゲイドル愛好家を敵に回すような発言はお控えください」

正論を真顔で申し上げたところ、陛下は寝ぼけ眼（まなこ）でぷうっと頬をふくらませた。

（何ですか、そのかわいすぎる仕草は。もっと拗（す）ねてみせてください！）

ついでに、絹の夜着の外れた釦（ボタン）の隙間から、すばらしく鍛え上げられた陛下の腹筋がちらりと覗いて、思わず悶絶しそうになった。

しかし、理性を総動員して何とか踏みとどまる。

取（と）り繕（つくろ）うように、陛下の肌掛けを整えてベッドに置こうとしたのだが――その瞬間、事故が起きた。

最高級の羽毛布団の端をうかつにも踏みつけてしまい、あろうことか、キリアさまの神聖なベッドの上に倒れ込むという失態を犯してしまったのである。

「きゃっ……」

つい男らしからぬ声を上げてしまったが、それどころではなかった。私がすっ転んだ先は、事もあろうに上体を起こしたキリアさまの、お膝の上――！

私の中の乙女ルディアンゼにとっては、またとない幸運な事故だ。狂喜乱舞してしまいそうな状況だが、さすがに今はそんな呑気なことを考えている場合ではない。

「も、申し訳ございません」

顔面蒼白になりながら、国王陛下の神聖な膝上から退去しようとする。しかし動揺のあまり、キリアさまの腕につかまったり胸に手をついてしまったりと、完全にパニック状態に陥（おちい）っていた。

（あわわ……）

顔を上げた瞬間、キリアさまの美麗なお顔が――夜空のような瑠璃色の瞳を真ん丸にしたキリアさまが、私の視界いっぱいに広がる。

（間近すぎます！　お美しすぎます！）

うっかり乙女なルディアンゼが叫びそうになったが、幸か不幸か、声が詰まって言葉が出てこなかった。

なぜなら、不意に手首をつかまれベッドに転がされた私の上に、陛下が馬乗りになっていたからだ。

「あ、あれ……？」

目を白黒させてしまったものの、最高級のシーツからふんわり立ちのぼる陛下の香りに、すべての意識を持っていかれる。

――鼻血さえも理性で止めてみせるが！

しかし、実直・潔癖・冷静沈着の三拍子で通っている近衛騎士ルディアス・ユア・ナルサークとあろう者が、陛下のお膝の上に転んでパニックになるなんて……いったい何がどうしてこうなった！

「キ、キリア陛下……」

「ああ、もう……」

キリア陛下は呆れてしまわれたのか、私の顔を覗き込んで、深いため息をついた。頭を横に振るたびに、朝の光に黄金色の髪がまぶしくきらめく。

「た、大変な失礼をいたしました。ですが、キリアさま。今朝のおつとめは、格闘技のお稽古ではございません」

極力、冷静さを保つよう努めて進言したのだが、陛下は一切聞く耳を持たなかった。

「とんでもないことをしてくれる」

不敬罪に問われる⁉ そんな恐怖がよぎった一瞬だった。叱責されると覚悟した私の両手首をベッドに押しつけ、キリアさまはそっとそのご尊顔を寄せてこられたのである。

あたたかな感触が一瞬、頬に触れた。

「は――」

何が起きたのか、まったく理解できなかった。無礼とは思いながらも、目が乾くほど大きく見開いて、キリアさまのお顔を見つめてしまう。

「あれ、わからなかった？」

私があまりに無反応なせいか――反応できなかっただけだが、今度ははっきりと私の頬に、キスを……なさった？

「なっ、な、陛下……」

驚きを表すのに的確な言葉を見つけられない私は、きっとおかしな顔をしていることだろう。陛下が臣下たる私にキス……あれ、でも私、今は男で――どういうこと⁉

「こっ、近衛騎士であるわたくしに、いったいどのようなおつもりで……⁉」

するとキリアさまは、窓から射し込む陽光を背景に、とろけるような笑顔を私に向けた。

「君があんまりかわいいから」

「は……？」

か、かわいい……お、男ですよ、私！　キリアさまが男にキスって、まさかそんな！

うろたえていると、なんとキリアさまが私の騎士の鎧を剥ぎ始めたのである。

鎧といっても、宮廷内であるため戦場に出るときのような大仰なものではない。簡単な胸当ての下は、細かい飾り釦や紐で留められた、騎士の正装である軍服だ。毎朝、釦をかけるだけでも大仕事だというのに、陛下はにこにこと、だがどこか人の悪そうな笑みを浮かべながら釦を外していく。

えっ、何これ。私、キリアさまに押し倒されて——ナニされてる!?

陛下にキスされたらしいこと、そして男の私を押し倒していらっしゃること、どれに驚けばいいのですか!?

「お、お待ちください！　陛下は男色の気がおありなのですか!?　二十四にもなられてちっとも浮いたお噂ひとつないので、臣下一同、心配申し上げておりましたが……。お戯れにしては、少々、度が……」

まさかこんなところで陛下のご趣味が暴かれるだなんて、信じられない。

それに、黙って脱がされるわけにはいかないんです！

無礼とは思いつつも、キリアさまの手をつかんで止めてしまった。

「戯れじゃなくて、本気ならいいのかな？」

追い打ちをかけるよう、キリアさまは私のささやかな妨害をいとも簡単にかわし、釦(ボタン)を外した上着の中に手を入れた。いくらペタンコな胸でも、直(じか)に触られたらさすがにバレてしまう。

「なっ、何をおっしゃって……」

「いいから」

キリアさまは私に言い聞かせるよう、唇で耳たぶに触れ、首筋にくちづけをなさった。

ズクッと何かが疼(うず)くような感覚があって、身体から力が抜けた一瞬、キリアさまはやんわりと私の手を押しのけた。そして頬にキスを繰り返し落としながら、私の唇に、ご自分のそれを――お重ねになったのだ！

「――っ⁉」

誰ともくちづけなど交わしたことのない私にとって、その刺激はあまりに強すぎた。このままでは心臓が止まってしまいそう……！

そんな状態だというのに、陛下は幾度(いくど)も角度を変えて深く唇を重ねてくる。どうしていいかわからず戸惑った隙を見計らい、私の口の中をこじ開けるのだ。

（キリアさまの、し、ししし舌！）

いくら朴念仁(ぼくねんじん)の私でも、そういった深いくちづけがあることは知識として知っているけれど……

舌と舌を絡め、私が驚いて逃げようとするたびに、頬に手を当てて逃げられないよう拘束される。

そして、ふたたび口の中が生温かくてやわらかいもので支配された。

（――歯磨きしておいてよかった）

そうではない。歯を磨いたとかそんなことはどうでも——よくはないが、今はそこを心配している場合ではないのだぞ、自分（ルディアンゼ）！

唇が離れていくと、私は息も絶え絶えになりながら陛下に訴えた。

「お、男同士、で、このような、おたわれむるれは……」

もはや呂律（ろれつ）さえあやしい。

それでも私は必死に陛下をお止めしようと抵抗を試みる。だが、甘ったるいくちづけの攻勢を受け、古い言葉で言えば完全に『骨抜き』にされてしまったのだ。

腕にまったく力が入らず、これでは外敵から陛下をお守りするどころか、猫の子一匹追い払うこともできない。

ああ、こんなことではラグフェス隊長からどのようなお咎（とが）めがあることか。いや、むしろお咎（とが）めがあっても構わないから、陛下をお止め——

「男同士じゃないだろう？」

「えっ……？」

「君の秘密を知っているのは、僕のほかに幾人いるんだい？　ナルサーク伯爵家のルディアンゼ姫」

「——!?」

ガツンと頭頂部に一撃を喰らったような衝撃を受け、目の前がチカチカした。

キリアさまの表情は、今この秘密を知ったというものではない。

「い、いつから、ご存じだった……の、で」

「最初から、ずうっと」

「え——」

では、私が十四のときに騎士を志願してから今日に至るまで、六年間ずっと私が女であることをご存じでいらしたと——？

この事実は誰にも知られないように、それはもう慎重に慎重を重ねてきた。もちろん誰もが私を『陛下にも甘い顔を見せない堅物近衛騎士ルディアス』と思っているはず。それが違ったということなのだろうか？

ふと頭をよぎったのは、『クビ』の二文字である。

「そんなっ、誰にも秘密で——っ!?」

突如、胸元が寒くなった。目玉をひん剥いて見れば、陛下の手には解けた白いさらし。そして、普段はさらしの下にぎゅうぎゅうに押し込めて——いや、押し込めなくてもささやかなものだが、胸のふくらみが陛下の眼前に剥き出しにされていた。

（そんな……胸、ちっちゃくて恥ずかしいのに、よりによってキリアさまに。もう生きていけない！）

心配するところはそこじゃないのはわかっているけど！

騎士ルディアスとしては、いくら陛下の求めであろうと、こんなことを受け入れるわけにはいかないのだ。しかし、私の本質はキリアさまをお慕いする一女子である。大好きな殿方に求められてつっぱねるのもまた、困難で。

なんたるややこしい自我。

「せっかくのかわいい胸を、あんなもので潰していてはかわいそうだよ」

陛下はそうおっしゃって、まるで愛おしむように大きな手の中にそれをおさめた。そして私のささやかすぎる胸を、そのお口に――！

「ふぁ、ぁあぁ……っ」

思考を遮断するようなこそばゆさに、私の喉からいやらしい女の声がこぼれていた。な、ナニコレ。無意識、無意識！

「キ、リアさま――っ。だっ、ダメですっ、こんなことをして……誰かに、見られでもしたら」

「誰もこの部屋には来ないよ。何しろあの『寝起き悪魔のキリア』の部屋だよ？　君を人身御供に差し出して、みな一安心しているところさ。ルディアスが部屋から出てこなければ、それこそ今日はいつもより手ごわいのだと恐れて、余計に誰も寄ってこないよ」

まったくおっしゃる通りなので、ぐうの音も出ない。ミミティアも先刻、陛下の手ごわさを身をもって知っただろう。

「かわいいよ、ルディアンゼ……」

ため息とともに陛下の唇からこぼれたダメ押しに、抵抗する気力が萎えていく。女であることがとっくにバレていたと知り、肩の力が抜けてしまったせいもあるだろう。

強くつかんでいるように見えて、実はくすぐるようにやさしく乳房を揉むキリアさまを前に、私は目を開けていることができず、ぎゅっときつく瞑った。

（どうしよう、ダメなのに……）

私の貧相な胸の頂き（いただ）をキリアさまの指がつまんだり擦ったりしているうちに、妙な気分になって苦しくなる。

どうすればいいのかわからず横を向いたのだが、途端に耳たぶに熱い息がかかり、ぞくぞくと身体の芯が震えた。さらにそこを甘噛みされ、「ひゃ……」とうわずった声を上げてしまった。

キリアさまの手はまるで、強情な『ルディアス』をとかして、『ルディアンゼ』を揺り起こそうとしているようだ。

「ぁあん、キリアさま、や――っ、ああ……」

キリアさまの熱い舌が私の喉元を這いまわり、この身を悶えさせる。かろうじて残されている騎士としての理性が、必死に声を上げないようにこらえているのに、喉が勝手に変な声を出すのだ。

「僕に触れられるのはいや？」

（そ、そんな質問されたら、ハイなんて言えるわけないじゃないですかっ）

内心でそう思うも口に出すことなんてできず、私は硬直してしまう。すると、キリアさまはおもむろに私のベルトに手をかけ、下半身を覆っている布を取り外しにかかった。

こ、これは本当にお戯れ（たわむ）ではすまされない。

「ん、や――だ、ダメですっ」

「どうして？　誰か好きな男でもいるの？」

「そっ、そんなこと！　わたくしは、陛下だけ――」

反射的になんということを言ってしまうのだ、私の口は！　ほら、見る見るキリアさまの口元がほころんで――

「……初めて？」

耳元で囁かれて、私は恥ずかしさのあまりに真っ赤になって目を閉じた。キリアさま、絶対にわかった上で確認していらっしゃる。……意地悪！

「本当にいやがっているなら、僕を押しのけて逃げるといい。君が本気になれば、そのくらいのことは簡単だろう？」

「…………」

それはそうかもしれない。少なくとも陛下よりは日々、鍛練している。だけど……

（こんな千載一遇のチャンス……いえ、不敬なこと、できるはずがありません！）

正面突破がだめならば、本来はこんな手は使いたくないが仕方ない。泣き落としだ。

「キリア、さま、わたくしのような……無骨な者に、あんまりな仕打ちでございます……」

このナリで女のような真似をするのは気が引けたが、この場合は男のふりをすることこそ無駄だろう。

「ルディアンゼは無骨なんかじゃないよ。背もすらりと高くて、とても美しい。この宮廷のどんな美姫たちよりもね」

陛下にそう評価されると気恥ずかしいやら困ったやらうれしいやらで、こんがらがってきた。宮廷の女性たちからひそかに熱い視線を送られることはあるが、殿方に品定めされた経験などついぞないのだ。

「それに、このなめらかな肌――」

キリアさまはそう言って、私の下腹部のあたりを撫でていく。

「ん――っ」

身体中がぞくりと震えた。いつの間にか騎士の服も下着も、膝下までずり下げられていて、上着は前が全開になっている。

あろうことか、陛下のベッドにブーツのままで、破廉恥な姿を晒しているのだ。

こんな一方的に不利な攻防がこれまでにあっただろうか。幼い頃から陛下に心酔し、お側に上がってからは毎日ウフフな私に、これ以上陛下を押しのけることなどできるはずがない。万が一にも、億が一にも私に勝ち目なんてありはしないのだ。

「逃げないなら、遠慮しないよ？　――これは、ルディアンゼと僕だけの秘密だ」

私を籠絡しようと耳元で囁かれる甘い悪魔の声。くすぐられるような、もどかしい感覚。キリアさまの吐息を感じる胸元。肌が直接触れ合うぬくもり――

それを全身で感じているうちに、陛下の指が下腹部の繁みを這っていく。

実直な騎士ルディアス・ユア・ナルサークの弱々しい抵抗もここまでだった。

「ほら、ルディアンゼのここ、僕を欲しいってねだってるよ」

「……………っ、いっ！」

キリアさまの指が滑ってそこをなぞった途端、声にならない声を上げてしまった。

（そんな穢れた場所に、陛下の神聖不可侵なお指が！）

キスもしたことがない私に、男の人と肌を重ねた経験なんてあるはずもない。

（ひっ、待って待って、ほんと、こ、心の準備がっ）

やさしくそこを往復していく陛下の指先に腰が跳ね、秘所から、くちゅ……という濡れた音が聞こえてきた。

「恥ずかしがらなくていいよ、ルディアンゼ。もっと顔をよく見せて」

「む――無理でございますっ！　やぁ――キリアさ、まぁっ」

馬乗りになった陛下の膝が、私の脚が閉じないように割って入る。さらに脱げかけたズボンがもたついているせいで、身動きが取れなくなってしまった。こんな技は格闘技の稽古では習ってない。

「通常の格闘技なら、ルディアスに軍配が上がるだろうけど、こっちでは僕の勝ちだね」

「か、勝てるわけ、ありませ――やぁあんっ！」

今、どれほどだらしのない顔をしていることだろう。口は半開きになって、陸にあげられた魚よろしくぱくぱくと喘いでいるに違いない。ヨダレが垂れていないか、それだけが心配だ。

「すごくかわいいよ、ルディアンゼ。そんな潤んだ目で見られると、ますます意地悪したくなるね。いつもの堅物で生真面目な近衛騎士ルディアスと同一人物とは思えない」

「う……く、キリアさま……ど、どうして、急にこんな――」

「毎日、熱い目で僕を見てるだろう？　大好きな女の子に好意を向けられて、無視し続けられる男もそうそういないよ。ずっと我慢していた僕に触れた、君が悪い」

熱い目だなんて。確かに、毎日心の中は沸騰寸前だったが、外には一切出さないようにがんばっていたのに。それがダダ漏れだったということ……？

(それよりも、大好きな女の子って、私のことですか⁉　いやいや、そんなまさかバカな)

「ああ、君が女の子だったなんて、誰も思ってないから心配いらないよ」

「ほ、本当ですか」

安堵しかけたが、まったく気の抜ける場面ではないことに気づき、私は頭を振った。

「それにしても、これじゃ騎士の正装がシワくちゃになってしまうね。今日の仕事はこれからだというのに」

「こ、困ります、着替えは宿舎にしかないので……」

どうにかこの衝撃の事件現場から逃れる口実ができた。ホッとする反面、どこか残念に思ったりとか、なんとか——あ、いえ、私いま何か言いましたか？

「じゃあ、シワにならないように、全部脱いじゃおうか」

「え、えええええ⁉」

そうきましたカ！

言うが早いか陛下は私の騎士の正装を手早く脱がし、重たいブーツも留め金を外して、ぽいっとベッドの下に投げ捨てる。なんという鮮やかなお手並み。いったいどこでこのような技を体得なさったというのか。

そうしてキリア陛下の広いベッドの上に、完全に裸になった私だけが取り残された。

「キ、リ、アさま――」

ベッドにぺたりと座り込み、胸元を隠して呆然としている私の目の前で、陛下は最高級の絹で仕立てられた夜着を脱ぎはじめた。陛下の見事に均整のとれた肉体美が、私の視界に飛び込んでくる。

幼い頃は病弱だった陛下もすっかり健康になられて、今ではその辺の騎士など相手にならないほどの剣の使い手であられる。もちろん適度に鍛えられているので、腹筋はすばらしく割れていた。

(わ、あああ……鼻血出そ……)

なんというお色気。キリアさまはお衣装ごしだと華奢にすら見えるのだが、実際そのお身体はバランスのいい筋肉に覆われている。毎朝お着替えの際に盗み見している私が、ひそかに悶えていることはご想像いただけるだろう。

そして、し、下！　陛下のお着替えには何度も立ち会っているが、見たことがあるのは下着姿までである。だが、陛下は自らの下着をもためらいなく下ろし、私の見ている目の前で――こっ、これ以上は正視できない！

固まる私に、キリアさまは特上の笑みを向けた。そして、ふたたび尊い唇をお重ねに……

これは何かの罠だろうか？　あ、きっと夢オチというよくあるアレに違いない。

そう思っているのに、五感のすべてがキリアさまの熱を伝えてきて、私は悶絶を通り越して気絶してしまいそうになる。

戸惑う舌の表面を厚みのあるそれでなぞりつつ、キリアさまは肩を押して私をベッドに沈めた。

これもくちづけというのだろうか、まるで貪るように舌が口中をかき回していく。

ふつうのキスすら経験したことがなかったのに、こんな荒っぽい、まるで獣同士の噛みつき合いのような……

「は、ぁっ……あっ」

ふと、あることに気がついた。私の脚に、陛下の——男性の塊が触れている！

恥ずかしくて照れる、などという反応が吹っ飛ぶほどの非日常に、脳の血管が振り切れてしまいそうだ。

初めての行為に対する戸惑いがないとは言わない。だけど、困ったことにちっともそれがいやではなかった。ずっとお慕いしていたキリアドール陛下が、戯れでも私を欲してくださっている。長い片恋の末ならなおさら、この状況は願ってもいない幸運ではないか。

男として剣を取ったからには、ふつうの娘のように結婚して家庭を築いて子を産んで……などという未来を思い描いたことはない。日々陛下のお姿に悶えつつも、自分には女としての人生などないものだと思っていたのだから。

だが——

（一度くらい、いいかな……）

そんなふうに考えて天井を見上げたとき、指で苛まれている場所にズクッという衝撃が走り抜けた。まるで雷に打たれたように足指が痙攣してしまう。

脚の間からたくさんの蜜があふれる中、キリアさまの荒っぽい息遣いがはっきりと聞こえた。

「キ、キリア、さま……」

「僕のことが好きかい？」

「は、い――あぁ……っ！」

陛下の玉体をいつも包み込むベッドを何度も羨(うらや)んだものだが、まさか自分がそのベッドに横たわることになるとは。そこで馬乗りになったキリアさまと濃厚なくちづけを交わしながら、指で与えられる快感に身悶えている。

ああ、こんなのは絶対に悪魔の罠だ。

キリアさまの指の腹が水浸(みずびた)しになった割れ目を何度も往復して、一番敏感な場所をつつく。ふくれた突起を指先でやさしくこねくりまわされているうちに、激しい波が全身に広がり、ますますだらしのない蜜を滴(したた)らせた。

「そんなに気持ちいい？　シーツまでぐっしょりだよ」

「――も、申し訳ござ……いません……っ」

今日の洗濯係は、確かシリス嬢だったはず。あの妙にカンの鋭い女性は、陛下のベッドについた染みを見つけたとき、何を思うだろうか。

（バ、バレやしないと思うけど――こんなはしたないモノを他人に見られるなんて）

「また変な心配をしているね、ルディアンゼ？　そんなに心配ばかりしてると、人生損だよ」

「で、ですが――ぁあんっ！」

そう言った瞬間、濡れた秘所を蹂躙(じゅうりん)する圧迫感が増した気がした。キリアさまは親指の付け根の部分でそこを擦ったのち、男らしい指を――な、中に――！

「ひゃあぅっ！」

びくっと腰が跳ね上がり、反射的にキリアさまのたくましいお身体にしがみついてしまった。とんでもない不敬に気づき、あわてて絡めた腕を解こうとしたが、逆に力が入り、玉体に力いっぱい抱きついてしまった。

「はぁっ、んっ――あぁ、あ……っ！」

「見た目は冷静なのに、身体の中は熱いね」

陛下の指がやわらかな肉の中に食い込み、そこから湧き出す蜜をかきわけて奥へ奥へと入ってくる。身体の中を蠢く異質感を、どう表現すればいいのだろうか。

この状況に背徳感を覚え、抗おうとするものの、腕はキリアさまにしがみついたまま動かない。

（ど――どうなって……）

陛下に触れていたい――そういうことなのだろうか。ええ、そういうことなんでしょう！　あとでどんな罰を受けることになったとしても、キリアさまに抱きつく機会なんて、もう二度とないのだから。身体は正直だ。

キリアさまは、顔を伏せ気味にしてされるがままになっている私を咎めることなく、親指を大きくかきまわした。そのたびに、くちゅっ、くちゅっと、正気の時は聞いていられそうもない淫らな音があふれ出る。それにつられるように、喉からもはしたない声が無意識に飛び出した。

「こんなに素直に感じてくれるなんて、うれしいな」

普段の私の生真面目ぶりからすると、キリアさまは私がもっと抵抗するだろうと予想していたのだろう。私もそうすべきだと思う。

でも、本気で抵抗するには、あまりにもキリアさまが好きすぎて……そして思ったほど私は生真面目な人間ではなく、快楽に忠実な自分勝手な人間だったのだ。

「ん、ぁっ、どうか――お許しくださ――ああっ！」

「許すって、どうして？　むしろ君の秘密を逆手にとって、卑劣な真似をしている僕こそ悪者だ。ごめんね？」

私の首筋に舌を這わせながら、力なく悲鳴を上げる私を見下ろし、陛下はそう言って微笑む。

『卑劣な真似』と己の所業を評価しているわりには、私の身体に触れる手を止めるおつもりはないようだ。

全身をくまなく撫でられ、あまりの心地よさにどんどん身体から力が抜けていく。

「ルディアンゼ――」

何度目かの貪るようなくちづけを受け入れたとき、キリアさまの指が抜かれて淫らな蜜を流す場所に、何か別のものが当てられた。それは、まるで入り口を探すように割れ目に沿って動いている。

これは――

「キ、キリア、さま……!?」

「しっ、さすがにあんまり大きな声を立てると、心配性のアルベスが様子を見に来るよ」

幼い陛下を厳しく教育されてこられた老執事の名が出た瞬間、私の喉が詰まった。

アルベスさまにこんな場面を見つかったりしたら――。ご高齢のアルベスさまのことだ、卒倒して心臓が止まってしまうかもしれない。

さらに私は女だと知られて近衛隊をクビになり、故郷では笑いものになり、一生を日陰者として生きていかなくては……いやぁあ、二度とキリアさまにお仕えすることができなくなってしまうなんて！

「ダメですっ、誰にも見つかったら……ぁっ！」

濡れた割れ目に、陛下の熱い塊がぐっとめり込んできた。

「いくよ」

キリアさまの知性にあふれた瑠璃色の瞳がスッと細くなる。獲物を捕捉した獅子のような鋭さだ。

もう逃げられない、後戻りはできない。

このまま、キリアさまに初めてを献上する覚悟を決めた、その瞬間――

「陛下、陛下！」

扉の向こうで陛下を呼ぶこの声は、件のアルベスさま！

アルベスさまより先にこちらの心臓が止まりそうになり、すがるように陛下を見上げてしまった。

「大使どのがすでに次の間でお待ちでございます。ルディアスどのはおいでございますか！」

扉の外の声に、陛下は「やれやれ」とため息をつくと、私の身体から離れた。

「ルディアスに急かされていま支度中だ。待っていろ」

陛下は何事もなかったかのような声でアルベスさまに返事をし、脱ぎ散らかした下着を身に着けはじめる。そして仰向けで呆然としている私に手を差し伸べて、起き上がらせてくださった。

「アルベスが出てきたということは、どうやら時間切れのようだね。さあ、急いで支度をすませなくては」

「は、はい……」

とは言うものの、私は一連の衝撃からまったく立ち直っておらず、ほうほうの体（てい）で床の上に降り立ったが、よろめいて陛下の胸に倒れ込んでしまった。

陛下は私より頭ひとつ分くらいお背が高いが、背筋がゆるゆるになった今の私からは、かなりの高身長に見える。

そして、陛下のほどよい厚みの胸板に抱き留められた私の頬に、垂涎（すいぜん）ものの肉体美が当たって――！

（きゃあぁー≠＃＆％※☆Д△＆！）

「もっと時間のあるときだったらよかった。ごめんね」

「――あ、の」

この状態でどんな返事ができるというのだろう。困惑のままキリアさまを見上げると、美しいお顔に、天使さえも裸足（はだし）で逃げ出す――おそらく天使は靴を履いていないが――極上の笑みを浮かべた。

フラフラになりながらも騎士の正装を身にまとうと、少しだけ落ち着いてきた。今の出来事が夢なのではないかと思ったが、手がまだ震えているので現実なのだろう。

「今夜、仕事が終わったらここへおいで、ルディアンゼ」

「は、はい――？」

「こんな中途半端に昂ぶったままじゃ、今夜は眠れそうにない。僕を鎮めてくれるとうれしいな」

男性の生理的な事情には詳しくないが、確かに陛下の下着の中は、まだまだ息巻いておられるようだ。しかし、私の今日の仕事が片付くのは、夜もだいぶ更けた頃なので、それまでこの昂ぶりが持続するとは――ああ神さま、はしたない私をお許しください！

それに、雰囲気に流されてこんなことになってしまったが、冷静になって考えてみると、女として宮廷に上がっているわけではない自分が、いくらキリアさまの求めとはいえ身を委ねるなど許されるのだろうか。

諸事情を鑑み、さすがに「はい」と即答はできかねた。

そしてそれよりも大きな心配事が。

「あ、あの、キリアさま。わたくし、このまま――」

近衛騎士を解任されるのでしょうか。

そう問う前に、痺れを切らしたアルベスさまが扉を開けて中へ入ってこられた。

「陛下、さすがにのんびりしすぎですぞ！」

「悪かった。悪かったよ、じいや。今、ルディアスにも叱られたところだ」

そうおっしゃりながら、キリア陛下は私を見るなりニコッと花が咲くような笑顔を向けられた。

……その場に崩れ落ちてしまわなかった自分に、このときばかりは拍手喝采したのだった。

＊＊＊

ドルザック大使を招いての昼食会は、王宮の五階にある翡翠の間で行われた。

壁一面の窓を開放すると、太陽のきらめく海が一望できる。アルバトスの王城で最高の眺望を誇る広間だ。もっぱら各国の要人をもてなすために使用される部屋で、ここを選んだことで、キリアさまがドルザックとの会談にかなりの重きを置いているのがわかる。

部屋から望む風景にいたく感動した大使どのは、さらに自国のたくさんの商船が港に停泊している様子を見て、とてもご機嫌だった。

「見事な光景でございますね、キリアドール陛下。この美しく整備されたアルバトスの港に、今後は我が国の商船が自由に出入りできるようになるとは、まことに喜ばしいかぎりです」

ドルザック王国とは、かつては敵国として不幸な歴史を共有していたが、今では交易をきっかけに国交を回復させている。

「過去の因縁は水に流し、互いの発展のためにより良い関係を築いて参りましょう」

ゲイドルだなんだと罵っていたことなどなかったかのように、キリアさまは惜しみなく笑顔を振りまいて大使どのと固く握手を交わす。

「いやはや、平和の象徴ともいうべき壮観な景色に加えて、陛下が王妃さまを迎えられれば、アルバトスは安泰でございますな」

「そうですね。——ときに大使どの、本日夕刻の調印式をもって正式に貴国との通商航海条約が締結されるわけですが……それにあたっての申請手続きの過程で、何か悪事を働こうとする輩（やから）も出てくるかもしれません。我が国では貴国への入出港手続きの緩和とともに、法の目をかいくぐろうとする連中の規制にも力を入れて参ります。貴国におかれましても、その点は重々ご留意願いたい」

「おお、もちろんですキリアドール陛下。我が国といたしましても——」

歴史的な会談であり、アルバトスにとっても晴れがましい一日のはずなのだが——今日の私はどうかしている。

キリアさまは、いつも通りの調子でお話しされている。しかし私ときたら、今朝の出来事が頭からずっと離れないのだ。愚かで浅はかで——いっそ塔のてっぺんから身を投げたい。

あろうことか国王陛下に対し、近衛騎士として仕えている人間が快楽に負けてしまったなんて、懺悔（ざんげ）しても償いきれない罪深い所業だ。たとえそれが、陛下の求めだったとしても！

陛下が戯（たわむ）れに女を抱こうというのならば、それもいいだろう。この宮廷には大貴族の娘から庶民の娘まで大勢の女性が詰めている。その中から陛下が寝所へお召しになったとしても、若い男性なのだから誰が反対するでもない。

何しろ独身の陛下の周囲には、いつも身ぎれいにしてお声がかかるのを待っている美女たちが大勢いるのだ。国外にだってキリアさまの正妃の座を狙う王族や貴族は多い。

そんな選（よ）り取り見取りの中、なぜよりによって私。

（私なんて剣しか取り柄がないし、学問は人並み程度だし、見た目は男だし……加えて、家事も裁

縫もまったくの不得手。女だったら、この宮廷の洗濯係にすら任じてもらえないのに）

ふいに、今朝がたのキリアさまのお声がよみがえってきた。

『大好きな女の子に好意を向けられて、無視し続けられる男もそうそういないよ』

陛下が、私を——？　いやいや、本気にするな、お戯(たわむ)れに決まっている。天地がひっくりかえったってそんなこと、あるはずがない。

そう思い直してふと顔を上げると、キリアさまと目が合った。そして、太陽よりもまぶしい笑顔を私にくださったのだ。思わず腰が砕けてその場にへなへなと崩れ落ちてしまいそうになったが、鉄の理性で腹筋に力を入れて食い止める。キリアさま、私をからかって遊んでおられるのですか。

そんな調子で、この会談の間、理性と平常心を総動員したおかげで、終わった頃にはすでに一日の体力を消耗しきっていた。


「どうした、ルディアス」

心配そうな声に飛び上がり、おそるおそる振り返ると、そこには心配そうな顔をしたアウレスがいた。

「ドルザック大使どのとの昼食会は、それほど緊張したのか？　やけに疲れた顔をしているぞ」

「い、いや、終始とても和(なご)やかだったよ」

後ろめたすぎて、同僚のまっすぐな青い瞳を正面から見ることができない。仕方なく、視線を泳がせつつ曖昧(あいまい)に笑ってごまかした。まさか女だとバレていた挙句、陛下にベッドに押し倒されたなんて——間違っても言えるわけがない。

アウレスも、私が女だなんて思ってもいないのだから。

「それならいいが。ドルザックはかつて因縁のあった国だし、何かあったのかと思ってな」

「まさか。捕虜になった将軍を国許に返したことで和解しているし、今回は両国の関係をより良くするために、正式に通商航海条約を締結しようという平和的な会談だ。それに今回、大使を送ってきたのは、立小便将軍である兄王子と王位継承争いで対立していた弟王子のほうだ。弟君は以前からアルバトスに好意的だし、そんな不穏な空気になるなど……」

私の言葉を聞いたアウレスは、周囲を見回したのち小声で言った。

「それは周知の事実だが、ドルザック王が弟王子の立場を盤石なものにするため——アルバトス王国の後ろ盾を得ようと、キリア陛下に妃を売りつけにきたのではないかという噂もある。さぞ波乱含みの昼食会だったろうと思ったが」

「陛下に、妃？　そのようなお話は何も……」

昼食会の間もずっと陛下のお側に控えていたものの、今朝のことで頭がいっぱいで、大使どのとの会話はまるで頭に入ってこなかった。いや、立場上はそれで問題ないのだが、もし本当だとしたら、それこそ私が陛下のお手付きになっては、両国の国交に影響が出てしまうかもしれない。

「ルディアス？　本当に顔色が悪いが、大丈夫か？」

「あ、ああ……少し寝不足かな」

血の気が引いた顔をなんとかごまかし、私はフラフラと次の任務へと移ったのだった。

やはり、今日の私はどうかしていた。

「ルディアスさま、大丈夫でございますか⁉」

夕食後、陛下の執務室へ向かう途中のことだ。階段で足を踏み外し、侍女のミミティア嬢に目撃されるという失態を犯したのである。

「あ、ああ。大丈夫です」

「どうかなさいましたか？　ドルザック大使さまとの会談の最中から、ひどく具合が悪そうです」

床の上に尻もちをついた私の額に、ミミティアはひんやりした手を当てる。

「お熱はなさそうで……あっ、大変失礼いたしました！」

彼女はまるで火にでも触れたように、あわてて私の額から冷たい手を離した。小さくて華奢だが、よく働く美しい手だ。そしてやわらかい。

ああ、世の女性というのはこういうものなのだ。私など、女にしては背が高すぎるし、腕だって筋肉がたっぷりついているし、大きな手にはマメができてゴツゴツしている。

いろいろとため息が出てくる。

「これはお恥ずかしいところをお見せしてしまいました。調印式での近衛騎士の配置について考えていたので、足もとがおろそかになっていたようです」

「まあ、熱心でいらっしゃるのですね」

ミミティアが手を差し出してくれたが、華奢な少女に自分の無骨な手を預けるのも気が引ける。

その小さな手をやんわり彼女に戻し、なんでもないことを強調して颯爽と立ち上がった。

「侍女のお仕事も大変ですね。まるで氷みたいに手が冷たいではありませんか」

私はあたためるよう彼女の小さな手を握り、さすってやる。すると、彼女は頬を赤らめて手を引っ込めてしまった。

「お、お気遣い、ありがとうございます……」

平静を装ってはいるものの、実のところ未だに膝ががくがくしている。陛下の悪戯で身体に火がついたままで、動作に支障が出てしまっているのだ。

陛下はあんなにも涼やかなお顔で、ドルザック大使との会談を終えられたというのに。

「それでは」

これ以上、言葉を交わしているとミミティアに何かを悟られてしまいそうなので、そそくさとその場を離れることにした。

「ふう……」

誰もいない渡り廊下でため息をつきながら歩いていると、今度は廊下を曲がったところでラグフェス隊長とぶつかりそうになった。隊長があざやかに私を避けなければ、正面衝突していただろう。

「何をぼやぼやしている」

「申し訳ございません、隊長！」

「それに、職務の場である宮廷でため息をつくとは何事だ。陛下に目をかけていただいているからといって、慢心しているのではないだろうな、ナルサーク」

「そ、そのようなことは決して」

ラグフェス隊長は、黒曜石（こくようせき）の瞳を細めて鋭く私を見据えた。このお方は、アルバトスの騎士たちの中でも群を抜いた剣豪であり、容姿の良さも求められる近衛隊にあって、宮中の女性たちから絶大な人気を誇っている。

何事にも動じることなく、すべてに対して冷静で、私がひそかに憧れている大先輩。そんな隊長は、私の秘密事――女であることさえ見抜いてしまうのではないかと思うほど鋭い観察眼を持っている。今、まともに目を合わせるのは非常に危険だ。

私は隊長の顔から少しずれたところに焦点を合わせる。

「ゆめゆめ、己（おのれ）の立場を忘れることのないように」

「承知しております。己（おのれ）の職務にいっそう精励いたします」

ラグフェス隊長はじろりと私の顔を一瞥（いちべつ）すると、すぐに元の歩調で歩き去った。

隊長のことは尊敬しているが、やはりこうして会話をするとかなり緊張してしまう。

ふたたびため息をつきそうになったものの、なんとかこらえ、私は背筋を伸ばして歩き出した。

＊＊＊

どうにかこうにか本日の任務をほぼ終えた、その日の夜。

残りの陛下のご予定は、夕食後に親しい貴族たちと歓談したのち、湯浴みをすませてからご就寝だ。私の仕事は、陛下がご歓談される応接室の警護、お客さまのお見送りをした後、ご寝所周辺の巡回、そして当番兵に引き継ぎをして終了となる。いったん仕事を終えて宿舎へ戻れば、人目を盗んでふたたび陛下のご寝所に忍び込む真似はもちろんできない。

陛下に今晩部屋に来るように言われているので、一度はどうするべきか悩んだが、私は頭を振ってそれを打ち捨てた。

やはり陛下の寝所に侍（はべ）るなど、騎士として許されない大罪である。陛下はあのようにおっしゃったが、一日経って今朝のことなどお忘れになっているのではないだろうか。どうにか理由をつけて、なかったことにしたほうがいいのでは——

いや、それよりも私はこのまま近衛騎士として、陛下の護衛に立つことを許されるのだろうか。アルバトス騎士団は、男のみで構成される精鋭部隊だ。陛下はこれまで私の正体を知った上で黙認してくださっていたが、今後も変わらず——とは限らない。

そんなことを考えながら応接室の扉の前に立つ。室内から漏れ聞こえてくる、陛下の楽しそうな笑い声にときめきつつ、どうやって陛下にご挨拶を申し上げて退去するか頭を悩ませていた。

そうこうするうちに、あっという間にご歓談の時間は終わった。お客さまを城の玄関ホールまでお見送り申し上げ、私はそのまま城内の巡回に移る。各所を確認し、最後に異状がない旨を陛下にご報告すれば、今日の任務は終了だ。

今頃、陛下は湯浴みをされているところだろう。ふと、陽光に照らされたお美しくもたくましい陛下の裸体を思い出す。

「…………」

私は瞬時に周囲に誰もいないことを確認した後、その場にしゃがみ込み声が漏れないように口元を押さえた。

（きゃー、陛下の大胸筋とか、あの二の腕の筋肉とか、背筋の手触りとか、思い出すだけで悶える、悶死しますー！　もう、二度と手洗いたくないです！）

ここが自室だったら、きっと床に転げてじたばたと悶えていたことだろう。

毎朝、キリアさまのお寝顔を拝見して、お起こしして、護衛をして――この幸せな時間がいつまでも続けばいいのにと、本気で思っている。

やはり、今日はまっすぐ宿舎へ戻るべきだ。巡回の報告をするので、陛下のお部屋には立ち寄らなければならないが、そこできちんと謝罪をしよう。きっと陛下ならわかってくださるに違いない。

陛下に仕える騎士として、男として、自分を貫き通さなければならないのだ。ずっと心が揺れていたが、決心したからには意志は固い。

すべての巡回を終え、とうとう陛下のお部屋の前にやってきた。もう湯浴みを終え、夜着にお着替えになっているだろう。

「へ、陛下――近衛第一隊ナルサークでございます」

声がうわずってしまわないように腹に力を入れたが、若干かすれている気がする。

今朝方、あんな醜態（しゅうたい）を晒（さら）してから、陛下とふたりきりになるのは初めてだ。私的感情は一切はさまず、事務的に、冷静に、簡潔に、端的に対応しよう。

今朝のことは忘れて……しまうのはもったいないので、陛下との秘密の思い出として、胸の内側にしまい込むことにした。

「遅かったね、開いてるよ」

ひとり廊下で悶えていたせいか、いつもより報告が遅くなってしまったようだ。時間には正確なほうなので、たまに時間がずれると目立ってしまうのだ。

「ご報告が遅くなりまして、申し訳ございません。周辺の巡回は終え、異状のないことを確認いたしました。この後は夜番の兵に引き継ぎを……」

「ああ、引き継ぎならいいよ。僕が指示してロクシアン副隊長にはいつも通り夜間警備にあたってもらっているから」

「は——？」

「今日の引き継ぎは必要ないってこと」

自分の目が驚きで真ん丸になっているのがわかった。だが、呆けている場合ではない。

「そ、それは大変失礼いたしました。では、わたくしは、これにて退出させていただきま——」

そう言って急いで踵(きびす)を返したのだが、それよりも陛下が私の手首をつかむほうが早かった。瑠璃(るり)色(いろ)の瞳が、私の顔を覗き込んで笑っている。

「まだ任務が残っているだろう？」

「そ、それは……」

「今朝の続き」

しまった、陛下のほうが一枚も二枚も上手だった。まさか先回りして交代人員を追い払ってしまうなんて、これは想定外の出来事である。

「あの、陛下――」

「今朝、命令したよ。まさか忘れちゃったわけはないよね？　僕への忠誠心はそんなもの？」

陛下が悲しげな顔で拗ねたように口をとがらせた途端、自らの心臓が爆発しそうなほど高鳴った。その衝撃に思わずよろめく。

（かわいすぎます、キリアさま、かわゆすぎです！　二十四にしてその愛らしさは、もはや罪――！）

間違っても顔に出さないようにこらえたが、どこまで成功しただろうか。崩壊しそうになる顔面を整えるため、私は必死に咳払いをしつつ、うつむき加減に言った。

「忘れたなどと！　陛下のご命令は絶対でございます……ございますが、その……」

言葉尻がすぼんで消えてしまった。このままでは当初の予定通りにいかなくなるではないか。動揺しているうちに陛下に手を引かれ、いつの間にかベッドの側まで引きずられていた。そしてふわりとやさしく抱きしめられ、今度こそ心臓が爆発しそうになる。

「ルディアンゼ姫。今宵、あなたのその清らかな処女を余にくださらぬか？」

（あ、あわわ！　そんな神の美声で囁かれたら、貧血が――って、ルディアンゼ姫って私のことでございますか！）

本当に鼻血が噴き出ないのが不思議だった。この台詞を、たとえばゲイドル大使どのみたいに少々哀れなご面相をされている方に囁かれたとしたら、ドン引き確定だろう。

だが、神のごとく麗しい陛下のお顔で、甘くやさしい声で囁かれたら、否と答える者などいるはずがない。もしいたのなら、この私が成敗している。

そう、否と……答えられない自分だった。

男のナリをしていても、少々年はいっていても、心は立派な乙女である。恐れ多くもお慕いしていたお方からこのように迫られて、否やのあろうはずがない。

「はい」の二文字を声にすれば……。だが、生真面目なルディアスがそのような背徳行為を受け入れることに抵抗しているのだ。

騎士ルディアスと乙女ルディアンゼは、私の中でうまく共存してきたはずだ。しかし今回に限っては、陛下にすべてを委ねてしまいたいと揺れるルディアンゼの乙女心を、騎士ルディアスが必死に引き留めるという状態になっている。こんなことは初めてかもしれない。

だが、葛藤の果てにルディアスがかろうじて勝利した。

「ですが――その、今日一日で、汗にも埃にもまみれましたし……恐れ多くも、陛下のご寝所を穢すことがあっては……」

苦し紛れだろうと、とにかく逃げ出す口実をつくるのだ。このままでは今朝の続きとして、キリアさまにあれやこれや……うう、惜しい！

「ああ、汗臭いのは嫌い？　じゃあ湯浴みをすればいい。ちょうど僕もこれから入るところだったから、一緒にいこう」

（一緒におフロ……そ、それはあまりにも難易度が高すぎやしませんか、キリアさま！　――いや、私は近衛騎士なのだ！　お仕えする主君とおフロなんて、騎士道に反する……）

騎士と乙女がせめぎ合いを続ける中、気がつけば陛下に腕をつかまれ湯殿へと引きずられていた。

陛下のご寝所には湯殿が設えられているのだ。もちろん、湯浴みのお手伝いは近衛騎士の仕事ではないし、普段はキリアさまもひとりでご入浴なさっている。

お着替えに関しても本来は近侍たちの仕事だ。近侍の中で陛下を速やかにお起こしできる者がいないので今は私の仕事になっているが、これはごくごく例外だった。

キリアさまは、脱衣室で私の腰の帯剣や胸当てを外し、騎士団の正装を解く。あまりのことにまだ頭がついていかない私をよそに、それは見事なお手さばきで脱がしていくのだ。

ようやく我に返った私は、あわてて陛下に進言する。

「お――お待ちください、陛下。こ、このようなこと、どなたもお許しには……」

すると、キリアさまは屈託のないまぶしい笑顔で答えた。

「ルディアンゼが許してくれればそれでいいだろう？　国王の閨事情まで臣下に口出しさせるほど、僕は愚かじゃないよ」

「愚かだなんて、そんなことありえません！」

それはこの世でもっとも、キリアさまに似つかわしくない単語だった。

やわらかな口調ととろける笑顔を武器に、対峙する者たちすべてを骨抜きにして、一気に無理難題を押し通す――ご自身の長所をよくわかった上で、このような手管を弄する者がほかにいようか。

私のひいき目を抜きにしても、陛下は頭のよい御方なのだ。

「それはうれしいね」

ふいに陛下が顔を寄せて、私の耳をくすぐるように囁く。その声を聞くだけで、何かがこぼれそうな気がして、急いで身体を縮こまらせた。

この甘すぎる誘惑に抗うために、いったいどれだけの精神力を消費するのだろうか。今日一日、ずっと気を張っていたせいか、すでに私の精神力は底を尽きかけていた。

ゆえに、これは私にできる最後の抵抗だ。

「陛下はそうおっしゃってくださいますが、私は性別を偽ってお仕えする、いわば罪人でございます。事が明るみに出れば、陛下の御名に傷が――」

「ふぅん、そういう論法できたか」

キリアさまはふふんと笑ってみせてから、表情をスッと国王のそれに変える。

「それならば余も同罪だ。明るみにならないよう箝口令を敷く」

「……」

こんなときに「余」呼びをなさるなんて。こうして陛下は、にこやかなお顔を凛々しく引き締め、どうにか逃げようと足掻く私から最後の理性を奪っておしまいになった。きっとこうなるであろうことを見越しておられたに違いない。恐ろしい御方だ。

要するに私がどう理屈をつけようが、陛下のお心はとうに決まっていて、それを覆す気などさらさらないということだ。

「ほら、早くしないと湯が冷めるよ」

痺れを切らしたのか、キリアさまは騎士服についているたくさんの釦をバリバリッと外し、胸を隠すさらしも手早く解いてしまわれた。

「よく、今までバレなかったね」

「――――!」

騎士服を脱がされ、キリアさまの目に貧相な胸が晒け出される。あわてて両腕で隠そうとしたが、それより早くキリアさまが私の手首をつかみ、それを許してくださらなかった。そして魅惑的な唇を小さな胸のふくらみにあてがった後、そこにある頂きを食んだのだ。

「や――っ、あっ」

キリアさまの舌先が胸の先端をつつきまわし、ぺろりと舐め上げる。途端に身体の芯に痺れが走って、じわぁっと熱いものが滲み出してきた。

手首ごと壁に背を押しつけられ、キリアさまに無防備な胸を支配されていく。

(早くも白旗です……っ)

乙女なルディアンゼの心を鷲づかみにした陛下は、この行為を拒もうとする騎士ルディアスをどこかに押しやってしまった。

キリアさまの蜂蜜のような黄金色の髪が私の頬に触れる。その香しい匂いにぼうっとなったところに、唇が覆いかぶさってきた。

壁と陛下にはさまれて、執拗なほど口の中を蹂躙される。生温かくやわらかいものに舌を絡められて、あふれた唾液をつい呑み込んでしまった。

（キリアさまにこんなことをされるなんて、そんな……信じられません）

荒く呼吸を繰り返しながら、貪りあうようなくちづけをかわすと、いよいよ私の膝はがくがくと震え出した。

目の前には、陛下の夜空色の澄んだ瞳が。今は目を伏せ気味にしているためか、それが瞼の下に隠れてしまっている。

（ああ、それにしてもなんて長い睫毛……）

そして、密着しているキリアさまの肌から、たまらなくよい香りがしてきた。

（なんか、こうして匂いを嗅いでいるだけで……いってしまいそう……）

……ん？　いくとは、いったいどこに⁉　自分でもまったく意味不明だ。

そんなことを考えている時もずっと脚の間がズクズクと疼いていて、きっと下着の中はひどい有様になっていると思う。なんてはしたないんだろう。

背徳感に苛まれるものの、大きな手で乳房をやさしく揉みほぐされると、後ろめたい気持ちが吹き飛んでしまった。キリアさまの体温が背中を何度も滑っていくのを感じているうちに、言葉にならないもどかしい感覚が——キリアさまの手で身体中をめちゃくちゃに犯されたいという願望が、むくむくと湧きあがる。

そんなふしだらな欲求を表すように、私の唇から喘ぐような声が漏れた。

「あぁ……ぅっん、んくっ」

何度も唇を吸われ、舌先までじんじんと痺れている。舌を絡めていくうちに、どちらのものかわからない唾液が口からあふれて、淫らに乱れていく。

いつの間にか私の手はキリアさまに抱きつき、たくましい身体を服の上から撫でまわしていた。

（キモチイイ……）

ああ、いったいどれだけ顔の筋肉が緩んでしまっていることだろう。キリアさまが目を閉ざしていてよかった……って、いつの間にか目が開いている⁉

「気持ちよさそうだね、ルディアンゼ」

「もっ、申し訳ありません……っ」

いつもはこっそり悶えるのみなのに、陛下のすばらしい肉体美を前につい欲が抑えられなくなっていた。

「もっと気持ちよくなっていいんだよ？　気持ちよくしてくださいって、お願いしてごらん」

「ふぁ……」

脳まで痺れてしまったのだろうか、なんだか目の前がぼやけてきた。そんな中、陛下のあたたかい身体が少しだけ離れたことで、寒気を感じてしまう。

「キリアさ、ま――もっと、くっついて、あっためて……気持ちよく、してくださ――」

「――かわいい」

はだけられた上体は女の身だが、下は男の服を着たままだ。こんな男女をかわいいと言ってくださるキリアさまは、なんておやさしいんだろう……というか、私はいったい今何を口走っていた……!?

私の混乱をよそに、キリアさまは私のベルトを外し、下着の中に指を挿し込んだ。

「ん、あっ！」

熱い指が割れ目をなぞると、そこはもう熟れすぎた果実のように蜜があふれ出していた。陛下の指がぐちゅっと音を立てながらそこを往復していく。

「あ――っ、んや、キリアさまっ……立って、いられま、せん――！」

自力で身体を支えることが難しくなり、私はたまらずに陛下の肩にしがみついてしまった。これでは、あまりにも不敬ではないか……

だが、おやさしい陛下はそれを咎めることもなく、敏感な芽を指の腹でゆっくりと撫でる。くちゅくちゅとあふれ出した蜜が音を立て、それに煽られるようについ女の声で喘いでしまった。

「ああ、下着がびちょびちょだよ、ルディアンゼ。服まで染みている」

「は、恥ずかしい……っ、キリ、アさま、そんなに見ないでくださ――」

「キスだけでこんなに濡れちゃうなんて、もっとしたら、どうなっちゃうのかな」

「やああっ！」

下着ごとズボンを膝下まで下ろされ、陛下が私の前に膝をおつきになった。キリアさまをひざまずかせるなんて、なんたることだろう。

しかし、キリアさまが膝立ちになると、ちょうど目の高さに私の……

（い、いや、さすがにそれはぁああ！）

濃厚なキスと指の悪戯でぐっしょり濡れそぼった秘所が、陛下の眼前に晒されているのだ。しかも、あろうことか、そこにキリアさまの唇が触れたのである。

「キリアさまっ、そ、それはダメでございますっ！」

「どうして？　こんなに甘そうなのに」

秘裂に沿って陛下の舌が滑り、奥に埋められている芽を見つけ出して、舌先で刺激してくる。

「んぁあっ！　いや、あぁっ、あ、ああ……」

ちろちろと舌先で弄ばれ、指まで使って秘裂の奥をまさぐられ、頭が真っ白になった。膝ががくがくと震え出したので、崩れ落ちてしまわないように、恐れ多くもキリアさまの頭を支えに耐え忍ぶ。

（あぁ、もうだめ――）

とても立ってなどいられない。ついにその場に崩れ落ちそうになったとき、キリアさまが私を抱き留めてくださった。

「まだ夜はこれからだよ、ルディアンゼ。さあ、湯浴みして身体を清めようか」

「は……」

気づけば、ズボンも下着も足元まで落ちていて、すっかり全裸にされていた。

恥ずかしい気持ちよりも快楽に頭が支配されていて、うまく反応できない。

そんな私の目の前で、陛下は颯爽とお召し物を脱いだ。たちまち、見事に鍛えられた身体と、存在を主張するように屹立したものが視界に飛び込んでくる。どうすればいいのか、目のやり場に困ってしまった。

その隙に陛下の腕が私の膝裏に回され、気がつけば、いわゆるお姫さま抱っこをされていた。

「さ、湯浴みして清めようか。いっぱい洗ってあげる」

「――――！」

お、お尻に、陛下のアレが当たって……！　いっそ、気絶しちゃってもいいでしょうか。

しかし、気が遠くなりかけた一瞬後、私は美しい大理石の湯殿にいた。中は広く、ひとりであれば悠々と泳ぐこともできそうだ。

（あわわ、なんとご立派な……）

もう三年以上お仕えしている私も、ここに入るのは初めてのことだった。

広く開放的な湯殿の壁には大きな一枚鏡が張られていて、中をいっそう広く見せている。今、その鏡に映っているのは、全裸の陛下に抱きかかえられている己(おのれ)の姿。それを直視してしまい、とっさに視線を遠くへやった。

息も絶え絶えの騎士ルディアスが、しゃんとしろと叱咤(しった)するが、陛下に弄(いじ)くりまわされた身体は言うことをきかず、芯が抜けたようにぐったりしてしまう。

しかも、お尻にちょうどキリアさまの熱くて硬いモノが当たっており、時折擦りつけられるのだ。

「ん……っ」

敏感な場所に直接触れているわけではないのに、なんだかへんな気持ちになってしまう。もどかしさのあまり、熱いため息をついた。

「身体を洗ってから、ゆっくりあったまろうか」

さっきの行為で、すでに身体はうっすらと汗ばんでいるが、そんなことは言えない。

（うう、一日の職務を終えたばかりの汚い身体を、キリアさまに、な、舐められるなんて……）

思い返すだけで転げまわりたくなる。だが、陛下の腕の中でじたばたと暴れるわけにもいかない。

次は何をされてしまうのだろうとドギマギしつつ、キリアさまを黙って観察するばかりだ。もはや、抵抗する余力はない。

キリアさまは大きな鏡の前に設(しつら)えられたベンチに私を下ろすと、桶に湯を入れ、肩から掛けてくださった。なんという栄誉！　陛下に掛け湯をしていただいたというだけで、もう故郷に錦(にしき)が飾れるのではないだろうか。いや、間違っても家族には言えないのだが。

「ほら、腕を上げてごらん」

キリアさまは石鹸(せっけん)を手に取ると、たっぷり泡立ててから、私の脇から胸へそれを塗りたくった。

「ふ――」

泡にまみれた肌を撫でられると、くすぐったい。ほうっと息をつくと、キリアさまが私の背中にまわり、乳房を手の中にすっぽりとおさめた。

（うぅ、なんというコンパクトサイズ！　いくら陛下の御手が大きいからって、片手で握ってなお余るとか……）

そんなひそやかな乙女の葛藤(かっとう)を知ってか知らずか、キリアさまは手のひらにおさめた胸の先を、指でつまんだり擦ったりする。ぬるぬる滑って、余計に感じてしまう。

「あっ」

「やわらかくて気持ちいいね、ルディアンゼの胸は」

「そ、そんなこと——あぁあ……っ」

（何をおっしゃるんですか！　こんなに貧相なんですよ、貧乳って言うんですよ！　恥ずかしすぎて泣けてきます……）

ふと顔を上げた瞬間、陛下に胸をまさぐられて悶える私が鏡に映っているのが見えた。はしたなく脚を広げ、腰まで揺らして。

一気に赤面して顔を逸らすが、私が鏡に映る自分から目を逸らしたことに、陛下がお気づきになった。

「ルディアンゼ、立って」

言われるままによろめきながら立ち上がると、代わりに陛下が椅子に腰をかけ、私をその上に座らせた。キリアさまのお膝の上に……！

「キリアさま、こ、ここ……」

お尻にぴったりと当たる男性の存在感。それだけでも硬直ものだというのに、キリアさまは神々の彫刻のように美しいお顔に笑みを浮かべ、私の背中から腕をまわした。そして秘裂を指で押し広げると、中にひっそりと息づいていた花唇を剥き出しにしたのだ。

「ここも洗おうか」

「あぁぁっ」

さっきからずっと蜜がこぼれ続けていたので、キリアさまの泡だらけのお指がたちまち粘り気のある液体にまみれていく。すると、ふたたびあの快楽を与えられると思ったのか、そこがさらにズキズキと疼きはじめた。

キリアさまの指に攻められ、にちゃにちゃと音を立てて蜜をこぼす秘部が鏡に映る。恥ずかしすぎて気が遠くなりそうだ。そんなところ、自分でも今まで見たことがないというのに、初めて眼前に暴かれたそれは……形容のしようもないほど淫らがましい。

「いやです……キリアさまぁっ、あふっ……んあぁ」

「もっと奥まで洗わないとね」

「ん――――ッ」

かすれるようなお声が耳元の空気を揺らす。胸の奥がぎゅっとしめつけられると同時に、濡れたところからもどっと蜜があふれ、キリアさまのお膝を穢していく。

すると、キリアさまは蜜の滴り落ちる場所に中指を挿し込み、宣言通り中の壁を擦りはじめたのだ。

「あっ、あぁっ――――！」

「ここも洗ってあげるよ。それとも、こっちかな」

「ひぁあッ！」

陛下の右手の指はいやらしい場所をなぞり、左手は平坦に近い胸をおさめて、きゅんきゅんととがった胸の頂きを指で弾く。

「んあっ、あ、ああっ。やぅ――へい、かっ！」

陛下の厚い胸に背中を預けるという不敬ばかりだけでなく、お膝を思いっきり鷲づかみしてしまった。そうして何かにつかまっていないと、いろいろな粘液でぬるぬる滑って、床にずり落ちそうだったのだ。

陛下の膝上でじたばたもがいて暴れていると、肘に何かが当たる感触が……

「――っ」

一瞬、キリアさまが息を呑んだのがわかった。存在を主張し続けておられた陛下の塊に、私の肘が当たってしまったのだ。

「も、申し訳ございません――！」

快楽でドキドキしていた心臓が、今度は恐怖によって早鐘のように鳴りはじめた。一気に頭から冷水をぶっかけられた気分になる。何しろ、わざとではないが、陛下の神聖な場所にぶつかるという大失態を犯したのだ！　この首がいくつあっても足りやしないだろう。

「………」

や、やはり、痛かったのでしょうか。男性のそこが急所だということはもちろん心得ております。これでも男社会の中で揉まれてきましたもので。だが、知識はあってもその痛みを理解することは永遠にできない。

「陛下、大変失礼いたしました――！　わ、わたくしはなんということを……」

そう言って青ざめた私を、キリアさまは対面するように座らせた。そして、私の手首をゆっくりと握り、ある場所へ引き寄せたのだ。キリアさまの——熱塊に。

「ルディアンゼも洗ってよ、ここ」

「あら、う……？」

一瞬、陛下のおっしゃる意味がわからずに目を丸くした。そんな私の手に、陛下は石鹸を持たせる。あ、これで洗えばよいのですね——って、ええ⁉

「あ、あの……」

陛下のご立派な部分が、視界に入らないように必死に目を逸らすものの、どうにも逃れられない。手にした石鹸を泡立てるように指示された私は、混乱しながらもそれに従い、高級な石鹸できめの細かい泡をこんもり立てた。すると陛下の御手がふたたび私の手を取り、そこへ導いていく。

「やさしく洗ってね、ルディアンゼ。傲慢そうだけど、実はかなり繊細だから」

「はっ、こ、心得ております！」

心得ているって、何言ってるんだ私は！　これではあらぬ誤解をされてしまう。

正常な判断力を失ってしまった私を見て、陛下はやさしく目を細めて苦笑された。

（あう、なんて愛らしい笑顔——）

国王として公の場にいるときの陛下は、とても鋭く力強い目をしているが、普段はとてもやわらかい目をしている。そのギャップにはこれまでにも何度も脳天を撃ち抜かれてきたものだ。

キリアさまの微笑みにキュンキュンときめいた私は、導かれるままに熱い塊を手にした。

たっぷりの泡ごしに握ったそれは、想像していたよりもずっと硬くて熱を帯びている。キリアさまの大事な部分をこうやって握るとか、いったい今日はどういう日なのだろう！

「もっとぎゅっと握っていいよ」

「は、はい」

キリアさまが私の手の上から覆うようにそこを握らせる。

もういっそ夢オチであってほしいと願わずにはいられないが、現実だと言わんばかりに、熱くて硬い感触がまざまざと私の手に伝わってくる。

キリアさまが私の手を握ったまま、そこを上下に動かすように指示したので、目を閉じながら従ってしまった。

「ん――っ、ルディアンゼ、もうちょっと力を入れて」

「は、はぃっ」

繊細だというので、それこそ陛下が私の胸を撫でるくらいの力加減で触れてみたのだが、それではだめなようだ。

ええい、女は根性だ。覚悟を決めてそれを握り直すと、力を入れてゆっくりと上下に動かした――ああ、なんて恥ずかしい！

「もっと下のほうから絞るようにして……そう――っ、上手だね」

「お、お褒めに与り光栄です！」

なんなんだろう、この展開は。でも、キリアさまがうつむきながらも心地よさそうな息をつかれたので、ひとまず間違いではないようだ。

「うーん、でも色気がないなあ。これじゃ騎士団の訓練みたいだ」

「も、申し訳――」

「それ、その口調やめよう？　陛下呼ばわりもしなくていいから」

「む、無理難題をおっしゃらないでください。わたくしにとって、陛下はお仕えすべきご主君であられまして……」

恐れ多くも申し上げると、陛下は小さくため息をついた。そして私の脇に手を差し入れ、横抱きにしてからふたたび膝の上にのせる。

「そんなこと、忘れちゃっていいよ」

そうおっしゃると、陛下は私の頭を抱え寄せ、柔和（にゅうわ）なお顔立ちに似合わぬ獰猛（どうもう）なキスを仕掛けてくる。

少しの刺激でも敏感になっている乳首をつままれ、背中や腹部を撫でられる。石鹸（せっけん）のぬるぬるした感触と相まって、くすぐったい感覚を通り越し、心地よさしか感じられなくなってきた。

陛下はさらに襞（ひだ）を指で押し広げ、その中でさっきから疼（うず）き続けているしこりを指先で押し潰した。悲鳴にも似た声が上がりそうになるも、キスでふさがれているため、口からはくぐもった声しか出てこない。

「ふ、ぅ――、ん……っん！」

もう、されるがままだ。しかも、キリアさまの悪戯（いたずら）に反応するように身体を揺さぶってしまう。

うう、なんてはしたないんだろう。

次第に、キリアさまの指の動きが執拗になってきた。決して強くなぞられているわけではないが、細かい震動を絶え間なく与えられるのだ。

陛下の指が立てる、くちゅっくちゅっという音に合わせるように私は腰を揺さぶり……一気に頭の中が真っ白になる。

「ああっ――――っ！」

脱衣室で舐められたときとはまったく違う、それこそ意識さえ吹っ飛びそうなほどの感覚に、はばかりなく声を上げてしまった。ぎゅうっと陛下にしがみつき、身体中で波打つ快楽が引いていくのをじっと待つ。

な、にこれ――気持ちいい……

「イっちゃった？　まだだめだよ、これからなんだから」

「んっ……う、す、すみませ――んっ」

キリアさまから言葉を封じるようなキスをされ、でもその唇が離れてしまうと、私は反射的に物足りなそうな顔をしてキリアさまを見上げてしまった。ああ、自ら陛下のキスをねだるなんて、臣下としてあるまじき行為だ。

だというのに、口が勝手に。この口が勝手に！

「キリアさま、気持ちいい――です……っ！」

こともあろうに陛下の首筋に顔を寄せて、私はそう言い放ってしまったのだ。

「そう？　じゃあ、僕のことも気持ちよくしてくれる？」

「は、い――」

まだびくびく震える私の身体を抱き上げ、陛下がお立ちになった。ぐったりしたまま鏡の前に立たされたので、倒れてしまわないよう、鏡に手をついて身体を支える。

「すべらないように気をつけてね」

陛下はそうおっしゃって、桶で足元の泡を流した。なんてやさしいお心遣いなんだろう。こうした細やかな臣下への心配りが、皆がキリアさまをお慕い申し上げる所以(ゆえん)だ。

そんなことを考えていると、キリアさまが背後から手を回してグズグズに濡れそぼった割れ目をまた刺激する。

今、陛下の御手で絶頂を迎えたばかりで、ちょっとの刺激でも悲鳴を上げるほど敏感になっているというのに。

「ああっ！　陛下ぁ、も、そこ、苦し――」

すると陛下は私の背中から覆いかぶさってきた。そして、硬く屹立したものをお尻の割れ目から秘裂に沿ってぬるりと挿(さ)し込むと、さっきから痛いほどに硬くなっている芽を擦り上げる。

「ふぁああ……っ、ヘンに、なっちゃう――！」

あまりの気持ちよさに、敬語を使うことさえ忘れて叫んでしまった。しかも、鏡に手を当てて腰を揺らしながら。

うっすらと目を開けると、前後に動いて楔(くさび)を埋め込んでくるキリアさまのまぶしい笑顔が鏡に映っていた。

「感じやすいんだね、ルディアンゼ。かわいいよ」

「そ、そんなっ、か、からかわないで……くださいっ！」

そう、陛下のほうがやわらかいお顔立ちで、色気にあふれていらっしゃるというのに。

私は髪こそ長いが、どちらかというと男顔。眉がきりりとしているせいだろう。こうして同じ鏡に映っていると、自分があまりにもガサツに見えて悲しくなってくる。

そんな余計な考えを吹き飛ばすように、陛下が低い声で囁く。

「ルディアンゼのここ、とっても熱いね……中に挿れたらどうなるかな」

「はぁっ、はぁっ……キリアさ、まぁ――んんっ」

感じすぎてもうダメ。とうとう床に膝をついてしまった。だが、陛下は四つん這いになった私の上にのしかかり、蜜でどろどろになった割れ目を自身で擦り上げる。そして私の腰をつかんだまま、まるで中を突き上げるように力強く揺さぶった。

「っ――ぅ」

キリアさまが息を呑む音がした瞬間、陛下自身がドクドクと脈打っているのを秘裂に感じた。四つん這いになっている私の腹部や床に、熱い飛沫が飛び散る。

「はぁ……っ」

キリアさまは深いため息をついた後、ぺたりと床にへたりこんだ私の身体を抱き上げ、いろいろな液体を湯で流してくださった。

「少し休憩しようか」

そうおっしゃって、私を抱いたまま湯船に浸かる。あたたかな湯に包まれてほっとしたのも束の間、陛下がふたたび深くくちづけてきた。

「ん――」

たくましいお身体に抱きすくめられ、頬や背中、喉元を撫でられて、早くものぼせそうになる。

「もう限界。ベッド、行ってもいい？」

陛下ものぼせそうなのか、頬を紅潮させている。私はおぼろげな意識のままうなずき、陛下に抱き上げられて湯殿を後にした。


夢見心地、という言葉が今ほど当てはまることは、今後の人生でもないだろう。

一夜かぎりとはいえ、当初の決意とは逆の方向に腹をくくってしまった今、こうしてベッドの上でキリアさまに抱かれていることに、至福さえ感じている。

とはいえ、まさかこのような展開になろうとは今朝まで妄想すらしたことがなかったので、かなり戸惑っていて――

「ああっ、んっ！　はあっ」

毎朝、キリア陛下のしなやかなお身体を受け止めているベッドを羨ましく思っていたのに、今は自分がそこに沈められている。しかも、キリアさまの熱い手で身体中を愛撫されているなんて。

頭の奥がじんじん痺れるし、恥ずかしい声が出るしで、もうこの現状を深く考えることなどできなくなっていた。

「ルディアンゼは、どうして男の真似をしてまで騎士団に？」

「ま、真似をしたわけでは……っ、私の家は、田舎の貧乏貴族で――ナルサーク家は、跡取りの男子にめぐまれなかったので、母が――んんっ、あ、キリアさま、ダメ……」

涸れることなくあふれ出る泉の縁に、キリアさまがまた唇をつけたのだ。いくら湯浴みをした後とはいえ、このような不浄な場所を舌で舐められていると思うだけで背徳感を覚え、ますます中から滴り落ちてしまう。

そういえば、今朝がた陛下のシーツを汚してしまったが、あの汚れはシリス嬢に見つかってしまっただろうか。気づかずにそのまま洗濯してくれていたらありがたいのだけど。

「やぁあっ、へいか――陛下！」

まるで意識がよそへ行ったことを咎めるように、ぐりぐりと舌先で蕾を弄られる。小さな快感の波が絶えず押し寄せてきて、気持ちよすぎるあまりまともに物が考えられない。ええと、今なんの話をしていたのだっけ。

「で、母上がどうなさったって？」

「はぁっ、ん、ナルサーク家は昔から女系家族で、でも母は男の子が欲しくて――だからっ」

舌でのもどかしい刺激が、いきなり指先の強烈な刺激にとって代わる。思わず陛下の身体にしがみついてしまった。

「男の格好で、村の子供たちにまざって、剣の稽古を――ぁあっ！」

「無理矢理やらされたんだ？」

「い、いえ――私も、剣の稽古（けいこ）は好きで、村で一番強かったので……やっ、キリアさま、そこは――」

　秘裂の中でふくらんだ蕾（つぼみ）が陛下の指でやさしく揺らされ、こらえきれずに力いっぱい陛下の身体を抱きしめてしまう。

（陛下のお身体にこの手で触れることができるなんて、なんという幸せ！　せっかくだし、この割れた腹筋もたっぷり触って――）

　こんな最中だから仕方がない、不可抗力なのだと、自身に言い訳することも忘れない。

「それで騎士団を志望したら、試験に合格してしまった、と」

「は、はい……」

　キリアさまは肩や背中を撫でまわしながらも話を続ける。途中、舌でぺろりと鎖骨の線を舐められたり、胸を甘噛みされたりしたせいで、身体中の皮膚が敏感になってしまった。

「騎士団が男だけだなんて、知らなか……ったんです。だ、男装をしていたつもりも、なくて」

　昔から、ドレスよりもズボンを好んで身に着けていた。それに加え、眉がやや濃く、男顔だからか、男のように凛々（りり）しいとからかわれた記憶ばかりが残っている。私にとっては普段の格好も騎士の姿も同じ『自分』であり、差異はなかった。

　乙女なルディアンゼがよくキリアさまに悶えているが、あれも私だ。どちらの自分も否定する気はない。

「でも、叙任試験のときから『ルディアス』だったよね？」

「あ、あのとき――出願の前日、アウレスに出会って、んっ……『ナルサーク家のご子息』と言われたので、つい、『ルディアス』と名乗ったん、です」

思いつきで出てきたその名が気に入ったので、騎士としての通り名にしようと決めた。そのあとで、騎士は男性しか認められないことを知ったわけなのだ。

子供だった当時の私は、男の集団に紛れ込んだことを不安に思うよりも、男性名を名乗っておいてよかったと安堵していたっけ。

「僕の目には、ルディアンゼは女の子にしか見えなかったけどね」

「っ……」

それは喜ぶべきことなのだろうか。でも――

「キリアさま……わ、わたくしは、クビ、ですか――？」

わりと楽観的な性格なので、今までバレるなんて考えたこともなかったし、そうなったらどうしようと真剣に悩んだこともなかった。

だが、今回の件で初めて、明日から騎士団にいられなくなるのかもしれないと思った。陛下が「ルディアスは女だった」と公表してしまえば、それで私の騎士としての人生は終わりである。

そんなことを考えていると、手をお止めになったキリアさまは、ベッドの上で荒い息をつく私を見下ろした。

「これからも僕の求めに応じてくれるなら、内緒にしてあげる」

秘密をバラされたくなければ、この関係を今後も続けようと……？

どちらかというと、私は色気のない身体を陛下にどうこうしていただくよりも、陛下のお近くでその愛らしいタレ目が微笑む様(さま)や、時折お見せになるむくれ顔、寝ぼけてお人の悪くなられた姿を見て、ひそかに悶えているほうが好きなのですが……

「あ、あの、恐れながら申し上げますが……この宮廷には、お美しくて教養のある慎み深い姫君が大勢、陛下のお声がかかるのを待っておりましょう。なのに、なぜわたくしのような無骨な者を――」

思いきってそう尋ねてみたら、キリアさまは私の隣にどさっと横向きに寝転び、私の顔をじっと見つめた。

(ち、近うございます、キリアさま! 間近でのご尊顔、やばすぎでございます、お肌なめらかでいらっしゃいますぅ――! ああっ、神様は依怙贔屓(エコヒイキ)です!)

内心できゅんきゅんしている私をよそに、陛下はぼそっと呟かれた。

「よく知らない女なんて、抱きたくない」

そう言って、私のくせっ毛に長い指を絡め、くちづけてくる。

お風呂場でもふやけるほどたくさんキスをされたが、キリアさまのくちづけは、私が考えていたような唇同士が触れ合うだけのものではない。内側まで侵入してくると錯覚するほど激しいキスもされ、何度息切れを起こしたことか。

(私は、『よく知る女』だと思っていただけているのでしょうか……)

その事実は喜ぶところなのか困るべきなのか、自分でもよくわからない。ただ、キリアさまの激しいキスには完全に腰が砕けてしまった。

――女に飢えていらっしゃるのではないかと、余計な心配をしてしまうほどだ。

「で、どうしようか？」

唇を離し、陛下は意地悪そうに笑って、呆然としている私を見下ろした。唇がふやふやで、もしかすると倍くらいに腫れ上がっているのではないだろうか。なんともみっともない顔を晒している
ような気がして、陛下のまっすぐな視線に耐えきれなくなった私は、思わず目を閉じた。

「あ、あの、内密に、していただけますと……」

この関係を続けます！　と宣言しているようで気恥ずかしいが、バラされて困るのは本当だ。私が宮廷から干されたら、田舎の家族にきっと迷惑がかかるだろう。

それに、私自身、まだキリアさまに仕えていたいのだ。

「じゃあ？」

「う――」

「断れないように囲い込んでるの、僕だもんね。うんとしか言えないよね」

その通りなのだが、陛下の先読み能力は恐ろしい。私は反射的に「すみません」と答えてしまった。

この流れでいくと、これって肯定しているようなものだろうか。

「なら、もう遠慮しないよ」

（今までさぞ遠慮していたかのようなお言葉ですが、とてもそうとは思えません……）

キリアさまは、仰向けに横たわる私に乗り上げ、完全に退路を断った。そして何度目かわからないキスの雨を降らせる。

体温の高い手で身体中を愛撫されて胸が苦しくなり、蜜を引き出すような指づかいで秘裂をまさぐられる。そのあいだ、頭の中はずっと真っ白なままだ。

やがて、陛下の指がぬめった中に入り込んできた。中の様子を確かめるようにゆっくりと、だが執拗(しつよう)に内壁をなぞっていくので、声を抑えることもできなかった。

いい加減、あちこちが濡れてふやふやになった頃。

「ルディアンゼ、挿(い)れるよ」

「――――ふ、え」

挿(い)れるって、なんだろう。その言葉の意味がわからず考え込む間に、キリアさまが淫(みだ)らな蜜で濡れた脚を大きく広げる。

恥ずかしいと思う間もなく、熱く滾(たぎ)った塊(かたまり)がそこをなぞった。

そして粘ついた蜜に覆われた場所がぐちゅっという卑猥(ひわい)な音を立てた瞬間、陛下の灼熱(しゃくねつ)が一気に私の中を貫いてきた。

「あああっ、キリアさまっ！　や、いた――痛い……！」

あまりに突然のことで、我慢や忍耐と言った私の特技も発揮できなかった。

なんと言えばいいのだろう。鋭い針でグサグサ刺し貫かれているような、目の覚めるほどの痛み。

絶え間なく激しい痛みに腹部を襲われ、涙が滲(にじ)んでくる。

「ごめんね、ルディアンゼ」

キリアさまの謝罪の言葉を聞きつつ、私は苦しさのあまり広い背中に腕をまわし、必死にしがみついた。痛みを逃すように、浅く短い呼吸を繰り返す。

「ふぅっ、あっ、く――」

キリアさまの背に指を食い込ませてしまうほど痛くて、とうとう涙がぼろぼろとこぼれた。

騎士として敵と切り結ぶこともある。刃をこの身で受けたこともある。だが、刃が肉に食い込む痛みに涙を流したことなどなかった。どのような過酷な訓練でも耐えてきたのに、今身体の中を抉る痛みはまるで別物だった。

「全部入るまで、もうちょっと我慢して」

「は……いっ」

ゆっくりと、でも止まることなくキリアさまのものが奥へと潜り込んでくる。

「――っ、ルディアンゼ」

陛下の声が耳に直接頭に響くような感覚に、一瞬痛さを忘れて恍惚とした。

過呼吸気味だからだろうか、すでに頭の中は真っ白だが、下腹部の痛みでなんとか意識をつなぎとめている。気を失ってしまったらどうしよう。

しばらくして、ようやくキリアさまが動きを止めた。

つながった状態のまま、私は大きく吐息をついてキリアさまの肩に額を寄せる。陛下が深く息を整えている音が耳元をかすめた。

緊張のあまり手足の先が冷たくなってしまったが、陛下と重なっている場所だけが熱い。

「ルディアンゼ――」

キリアさまのかすれた声が、意識の混濁した私を現実に引き戻す。

「ごめんね、痛かった？」

「あ、あの、少し……」

実をいえばめちゃくちゃ痛かったのだが、キリアさまを前にそんなことは言えない。それに、虚勢を張るくらいの余裕が少し戻ってきた。

（そういえば、こ、この状況は……処女喪失とかいう、アレ……）

初めてを、まさか愛しいキリアドール陛下に捧げているなんて、胸がいっぱいで何も言えなかった。陛下が謝罪なさるようなことではないのに。

「動いたら、痛いかな。このまま、していい？」

「……はい」

この先どうなるのかわからないが、そっとうなずいた。私は陛下が大好きで、ゆえにこの身を捧げることに何の問題もない。

私の顔が強張っていたせいなのだろう、キリアさまは少しだけ腰を引いた後、心配そうな顔でおっしゃった。

「やっぱり痛む？」

「ええと、よく、わからなくて……」

「少し、力を抜いてごらん」

痛みを感じる神経がおかしくなったのか、痛みに慣れたのかはわからないけれど、さっきまでの身を裂かれるようなひどい痛みはなかった。ただ、身体の奥がずきずきと疼いていて、そこを傷つけられたのだなあ、というぼんやりした感覚しかない。

陛下につけられた傷なら、名誉とも言えるだろう。いや、人前では誇れないが。

すると、少し身体を浮かせたキリアさまは、獰猛に食い込んだ自身の楔を、再び私の中に深く埋め込んだ。

「――ぅ、っく」

このまま息ができなくなって死んでしまうのではないだろうか。そんなふうに危惧するほどキリアさまは激しかった。

腰を打ちつける音や、あふれた蜜がキリア陛下の塊を中へ引き込む音。そして荒々しい呼吸音に、ときどき私の名を呼ぶ甘くかすれた声――そこに自分のあられもない女の声が混ざり、キリアさまのご寝所が先ほど以上に淫猥な空気に包まれた。

キリアさまが腰を動かすたびに、ぎゅっと膣が締まる。

「あぁ、やっ、なんだか、変な気分……」

陛下の滾った灼熱が擦れると、腹の奥がズキズキした。さらにそれを煽るように、ふくらんで硬くなった秘部を、陛下の指が撫でてくる。

「んあぁっ。あっ、キリ、アさまっ――！　やぁ、ん……っ」

「ルディ、アンゼ……っ」

心臓が跳ねすぎて、今にも胸を突き破って出てきそうだ。まっさかさまに落下していくような浮遊感に襲われて、意識も吹っ飛ぶ。

何度も激しく腰を打ちつけられた後、キリアさまは一度強く私を抱きしめ——そして目を閉じ、ビクッと身体を震わせた。

「く——っ」

キリアさまの切ないため息が耳元をくすぐる。そして眉根にしわを寄せ、少しつらそうに息をついた後、私の乱れた髪をさらに乱すようにかき抱いた。

「ああ……」

やがて落ち着きを取り戻したキリアさまが、私の中を抉っていたものを抜いた。圧迫されていた膣が解放された刺激すら、今の私にとっては快楽となる。

私の中に吐き出された陛下の熱い飛沫があふれて、自分の蜜と混ざり合い流れ落ちた。

腕どころか指一本動かす元気がない。とんでもない姿になっているのだろうが、もう何も考えられなかった。ただ、キリアさまが私の髪や頬を撫で、唇にやさしくくちづける感触を静かに受け止めるだけだ。

不敬でも勘違いでも、今はどうでもいい——

キリアさまの腕に抱かれて、なんだか愛されているような幸福感に満たされた私は、忍び寄ってきた睡魔に大人しく身を委ねたのだった。

＊＊＊

近衛騎士の朝は早い。私の場合、朝稽古(げいこ)に参加し食事をすませた後、夜間警備の同僚から引き継ぎを受けて陛下のご寝所へ向かう。

そんな生活がすっかり染みついているので、陽が昇ると同時に目を覚ますのだが、今朝はやたらと身体が重くてなかなか目が開かなかった。

「……起きなくちゃ」

自分の目を覚ますようにあえて声を出してみた。すると——

「まだ早いよ……」

思わぬ返事を聞き、あわてて私は飛び起きた。

身体を起こして周囲を見回すも、状況の把握がまるでできず、頭にハテナマークが飛び交う。

ここはキリア陛下のご寝所であり、私の大切な職場でもある。あれ、いつの間に着替えて陛下の部屋にうかがったんだっけ……

考え込むように腕を組んでしばらくうつむき、ようやく異変に気づいた。

(は、裸——私、何も着てない！　なんでベッドの上に……って、キリアさまの神々しい全裸が目の前にぃっっ！)

昨晩のことを思い出したとたん、一気に血の気が引いた。そうだ、女であることが陛下にバレており、それを秘密にしていただくのと引き換えに褥を共にしてしまったのだ。

一気にいろんなものが噴き出してきた。焦りと冷や汗と、うつ伏せに眠っておられるキリアさまの背筋萌え……いやいや、違う！

とにかく、こんな姿では落ち着いて物も考えられない。どうやら陛下はまだ夢の中のようなので、そっとしておこう。急いで陛下のベッドから這い出したものの、そのまま床に転げ落ちてしまった。脚がガクガクして、まるで生まれたての仔馬のようになっている。

「服、服は……」

焦れば焦るほど手が震えてしまい、どこで服を脱いだのかも思い出せない。覚えていることといえば、陛下にあんなことやこんなことをされて気持ちよかったことだけ……

「うわぁあ、服はどこ！」

「……風呂場」

「あっ、そうでした。ありがとうございます、キリアさま」

ふと振り返ると、陛下は変わらずベッドに深く埋もれておられる。寝言にしては的確な助言だったが、もしかして起きていらっしゃるのだろうか。いや、寝起きのよろしくない陛下のことだ、まだ寝ぼけておられるのだろう。

私は逃げ込むように湯殿に走り、脱衣室の床に脱ぎ捨ててあった騎士の正装をつかんだ。

窓からはうっすらと朝の光が射し込んできて、湯殿を明るく照らし始めている。そこにあった大きな姿見に自分の姿が映ったのを見て絶句した。身体の至る所に小さなアザが散っていたのだ。ついで、それがキリア陛下のキスの痕だと思い至る。

なんという夜だったのだろう！

今になって事の重大さを実感し、ますます血の気が引く。震える手で服を着るが、蜜にまみれた部分がまだ濡れていて、あの情事が現実だということをまざまざと感じてしまった。

「ど、どうしよう……」

うろたえつつも騎士の服を着終わったところで、キリアさまが湯殿に入ってこられた。

「早いね、ルディアンゼ。もうちょっと浸（ひた）っていようと思ったのに」

そう言うキリアさまは素肌の上にガウンを羽織っただけの姿だ。その隙間から鍛え上げられた腹筋や胸筋が覗き、私の目に強烈に焼きつく。

（もう恥ずかしいやら何やらで、まともに陛下のお顔を見られません——）

だが、こうして騎士の正装を身にまとうと、心の中も正されるようだ。やや視線を外しつつも深呼吸すれば、普段通りの応対ができる気がしてきた。

「へ、陛下……ちゃんとご自身でお起きになられるではありませんか」

「そこ？　あーあ、もう近衛騎士のルディアスに戻っちゃったってわけか。ルディアンゼ嬢はあんなにかわいかったのに……」

笑いながら陛下が近づいてくる。そして、手にしている瓶に入った液体を口に含むなり、いきなりキスをしてきた。

「——!?」

朝の明るさの中でキスをするというのは、どうしてこう罪悪感が湧き上がるのだろうか。またもや心臓が爆発しそうになる。

キスと共に苦みのある液体を喉の奥に流し込まれて、むせそうになった。だが、陛下は私の口を手でふさいで無理矢理それを飲み込ませる。

「へ、陛下、今のは……」

「ルディアンゼとの秘密がずっと続くようにっていう、おまじない」

「は……？」

「それより、今日は仕事休んでいいよ。ラグフェスには僕から言っておくから」

恥ずかしすぎてキリアさまからうつむき気味だった視線を、そこでようやく上げた。

「そういうわけには参りません。大切な職務を放棄するわけには」

「王の命令が聞けない？　君の大事な職務は、王の命令に従うことでしょう？」

「そ、それは、さようでございますが……」

「昨晩は無理させたし、そんな状態ではきついだろう？　今日は大した用事は入ってないから大丈夫だよ」

「……はっ、ありがたく拝命いたします——」

言いくるめられてしまったが、陛下にたてつくわけにはいかない。ここはお言葉に甘えて、ゆっくり休ませてもらうべきだろう。さすがに、頭と身体がまだ現実に追いついていない状態だ。

だが、その前にひとつ大きな問題がある。

「そ、それで、陛下。わたくし、どうやってここから出ていけばいいのでしょう……」

昨晩は夜勤に引き継ぎをしなかったものの、一応、宿舎に戻ったことになっているはずだ。宿舎で朝稽古(げいこ)を終えて宮廷に上がり、夜勤と交代してから陛下のお部屋を訪れるのが日課である。それなのに、私は今どこにいる……

「別に、堂々と大手を振って出ていけばいいよ。普通にしてれば問題ないから」

「で、ですが……」

「そんな顔をしてると、まるで国王の寝所に忍んでイケナイことでもしてたみたいじゃないか。何か、やましいことでもあった？」

キリアさまはニコニコと柔和(にゅうわ)なお顔で笑われる。この——クセモノ！　でも、この笑顔は私にとってたまらなく甘い毒だ。

「……ございません」

「でしょう？　——さて、ルディアンゼが帰っちゃうなら、僕はもう一眠りするよ。また明日ね」

こうして陛下はふたたびベッドに逆戻りされた。それを呆然とお見送りしてから、私も自分の部屋に戻ってこの混乱した状況を整理すべく、陛下のお部屋を抜け出したのだった。


それにしても、まったく昨日はなんという一日だったのだろう！

朝のお戯(たわむ)れから始まり、昨晩の湯殿での淫行(いんこう)——そう、まさに淫行(いんこう)と称すべきである——といい、閨(ねや)でのとても口にできないような恥ずかしい出来事といい、堅物の近衛騎士で通っていたこの私が、陛下にすべてを知られてしまうなんて。世間で言うところの『ちっぱい』までも！

だが、キリアさまの名誉にかけて、無理矢理の行為だったとか、逆らえないご命令だったとか、そのようなことはまったくない。本気で逃げようと思えば、逃げ出す機会はいくらでもあったと思う。陛下ご自身も「逃げるなら押しのけろ」とおっしゃっていたはず。

だが、私の本質はキリア陛下を愛する乙女だし、成り行きではあっても処女を捧げたのは本望だ。

しかし……痛い。

陛下に貫かれた場所がずきずきと痛み、歩くたびに顔をしかめてしまう。そして痛みを感じると、今度は昨晩のことを思い返して赤面してしまうのだ。

正直なところ、今日、お休みをいただけたのはありがたい。一日中、こんな状態で立ちっぱなしでいるのはつらいだろう。陛下のお心遣いに深く感謝だ。もっとも、陛下からしてみれば単純に、深夜の超過勤務をさせたぶんの代替休暇のおつもりかもしれないが。

しかし、同僚に見つかったらどう言い訳しよう。というか、国王の居室のある場所から、誰にも見つからずに出入りするのは不可能だ。可能だったら、その警備体制はあまりにもザルである。

問題の出入り口までやってくると、夜勤のカイドン・ユア・サマールが立っていた。昨晩、ずっと陛下のお部屋にいたことを、どう説明するべきか。いろいろ考えながら歩いていたのだが、痛みに気を取られてしまい、これといった名案が浮かばない。

「お、おはようございます、カイドン」

近衛騎士は王に近いこともあり、普段は冗談を言い合うこともなく、非常に厳格で規律正しい人間が多い。

　だが――

「おはよう、ルディアスくん。お早いお帰りで」

　カイドンはそう言うなり、堅苦しい笑顔をやめてにやにや笑い出したのである。

「は――？」

「昨晩、陛下とご一緒したんだろう？」

　そう言われた瞬間、私の顔面から一気に血の気が引いた。

（ま、ま、まさか、昨晩のあんなことやこんなことが知られて……いやあああ、うそおお！）

　だが、カイドンは今にも倒れそうな私に気づいていないのか、気軽に肩を叩いてきた。

「まさか陛下が、ルディアスを伴って行かれるとはね」

「え？」

　いつも固い口調でしか話さないカイドンが、まるで軟派男のように笑いながら言う。

「わかってるって、隊長には内緒にしといてやるから。俺らにまでそんなとぼけたフリしなくていいんだぜ。その辺はお互い様、もちつもたれつってことで」

　いったい何を言っているのだろう。それに、この下町の酒場でのやりとりのような会話はなんだ？

「陛下の随行でもないと、あんな高級妓館には行けないからな。いい思いしてきたんだろ？」

「……はぃ？」

「もしかしてルディアス、おまえ初めてだったのか？　そうかそうか、筆おろししてきたのか、そりゃめでたい！」

「……！」

会話から察するにカイドンは以前、陛下の随行で高級妓館とやらに行ったことがある、ということだろうか。そして昨晩、私は陛下と共に、その高級妓館に行ったことになっていると。

だから、出入りも見て見ぬふりというわけか。『俺ら』と言っていたので、もしかしたら他の面子もそうなのかもしれない。

（な、なんてことをしていらしたんですか、キリアさま！　国王陛下ともあろう方が、寝所を抜け出して妓館など――！）

しかも、それが恒例化しているという、まさかの事実。だが、ラグフェス隊長はこのことを知らないようだ。

突然知ることになった衝撃の事実に、顔面が硬直した。確かに、思い返せばキリアさまは女性の扱いに慣れていたような……

「大丈夫か、ルディアス。そんなに初めてがショックだったのか？　そんなお堅いようじゃ、人生損だぜ」

「い、いえ、そんなことは。では、私はこれで……」

「よく休めよ」

これが近衛騎士の会話なのか！　お、男って……。私もしっかり男のつもりでいたが、こんな世界があったなんて、まったく知らなかった！

だがこれで得心した。こういったことがあるから、陛下は私に大手を振って出て行けとおっしゃったのか。

これまで女っ気のなかった陛下も、ちゃんとすることをしていたのだなぁと知って、安堵する一方、なんだか胸のあたりがもやもやと——

ともあれ、こうして堂々と王城を出られた私は、なんとか無事に宿舎に帰りついた。

近衛隊の宿舎は王城のすぐ横にあり、火急(かきゅう)の際にはいつでも駆けつけられるようになっている。部屋に戻ると、それまで張りつめていた気持ちが一気に緩(ゆる)んで、ベッドの足元にずるずると崩れ落ちてしまった。

ああ、なんという夜だったのだろう。キリアさまの息遣いやかすれた声、身体をやさしく撫でてくださった感触、キスされたときの甘い香り——そしてそして！

細身ながらに要所要所についているしっかりした筋肉、大胸筋から上腕二頭筋へのライン、男らしく角ばった肘の形、各部位が鍛えられた背筋や、きゅっと引きしまった臀部(でんぶ)、形がはっきりとわかる腹筋から下腹部への……

「きゃぁあああ！」

そこまで思い返した私は、悶絶のあまりじたばたと床を転げまわった。

（なんて色っぽいのでいらっしゃいますか、キリアさま！　あの肉体美に悶えぬ女子はおりません。

間違いなく陛下はアルバトス王国において、抱かれたい男ナンバーワン！　……って、その陛下に抱かれてしまったのは私か！）

だめだ、なんか、熱が出てきた。

とりあえず一眠りしてすっきりしよう。思えば、昨日から着たきり雀ではないか。身だしなみに気をつけるのも近衛騎士にとっては大事な心得である。それに、湯浴みはしたが、その後で陛下にたっぷり汚されてしまったので、さすがに洗い清めたい。

騎士の服を脱ぎ、濡れてしまった下着を脱ぐ。そして、そのとき初めて私は目を丸くした。

下着が、うっすらと赤くなっている。月経は先日終わったばかりだ。

秘所が湿っているのは昨晩の名残だと思っていたので、そこに血が混じっていたなどまったく気づかなかった。しかも、微量ではあるが、まだ止まっていないように見える。

そういえば女子は、破瓜の際に出血すると聞いたことがある。近衛隊に入るずっと前に在籍していた遠征部隊で、同僚の騎士たちがそんな話をしていた。自分には無関係な話だと思っていたが……

となると、これは陛下に処女を捧げた際に出血したものということか。

本望ではあるものの、一晩明けて落ち着いてみると、取り返しがつかないことをしてしまったような気持ちにもなる。

「はあ……」

ぼんやりと身体を手拭いで清めていたときのことだ。突然扉をノックする音が聞こえ、ビクッと飛び上がった。

「ナルサーク、いるのか」

こ、これは――ラグフェス隊長のお声！

「はっ、はい、お待ちください！」

ラグフェス隊長は不躾に扉を開いたりするお方ではないので、私はお待たせすることのないよう、あわてて普段着に着替えて扉に向かった。

「お、おはようございます、隊長」

扉が開いた瞬間、鋭い黒曜石の瞳と正面からぶつかる。

真実をすべて暴くようなその視線は、昨晩の出来事を全部見抜いていそうな気がして、まことに恐ろしい。し、心臓が張り裂けそう……っ。

「陛下からうかがった。体調が悪いのだとか」

「た、大したことはないのですが、その、申し訳ございません」

なぜか、朝帰りを親に見つかってしまったような気分になる。お父さま、お母さま、親不孝をお許しください。

「確かに顔が赤いな。熱でもあるのか」

「ねっ、熱など！」

とっさに後ろに身を反らし、隊長の手から何とか逃れる。昨日も同じ理由で侍女のミミティアに額を触れられたが、まさかラグフェス隊長にまでそうされそうになるとは。気遣いを無下にするようで心苦しいけれど、昨夜のことがバレてしまうかもしれないので接触は避けたい。

するとその反動でバランスを崩し、その場にへなへなと座り込んでしまった。腕をつかまれて立ち上がらされたが、まったく脚に力が入らない。

「何が大したことない、だ。ひどい熱ではないか、さっさと寝ろ」

「へ……」

なぜ突然こんなことに……？　ああ、視界がグラグラする。

「仕方のないやつだな。体調管理くらいできないでどうする」

「ま、まことに面目なく……」

昨日まで風邪の兆候などどこにもなかったので、たぶん陛下との出来事にまだ身体がついていっていないことが原因なのだろう。私の身体は、思っていたよりもずいぶん繊細なようだ。

しかし、閨での出来事は自分の管理外ですので――などという言い訳をするわけにはいかない。

「食欲はあるのか」

「いえ……まったく」

胸が詰まってしまい、とても食べ物が喉を通るとは思えない。もちろん空腹感もなかった。

「ナルサーク、おまえ」

「な、なんですか」

隊長の黒い双眸がその場に私を縫い止めるように鋭く見据える。なんだか丸裸にされている気分になって落ち着かない。

だが、私は息を詰めてラグフェス隊長の視線を受け止めた。すでに全部バレているのではないかとさえ思ったが、目を逸らしたら逆にまずいことになりそうなのでなんとか踏ん張る。

「とりあえず寝ていろ。あとで誰かに様子を見にこさせる」

「……ハイ」

隊長が部屋を出ていくと、私は魂の奥底から深いため息をついた。

（神様、やはり私は、とんでもないことをしでかしてしまったのでしょうか――）


それからしばらくの間、私は自室で眠っていたが、ふと扉が開く音がして目を覚ました。

「ルディアスさま？　お目覚めでいらっしゃいますか？」

誰かが囁（ささや）き声で扉の外から声をかけてきた。扉のほうを見ると、少しだけ開いた扉の隙間から女性がうかがうように中を覗いている。

「あ、ああ――シリスどの」

そこにいたのは、アルバトス宮廷で洗濯係をしているシリス嬢だった。彼女は高い位置でひとまとめにした黒髪を揺らして、室内に入ってくる。

「申し訳ありません、ノックをしてもお返事がなかったもので。お熱があるとディヴィリアークさまからうかがいました。お加減はいかがでございますか？」

「一眠りしたら、だいぶよくなったようです」

「それはようございました。食欲はおありですか？　軽食を用意いたしましたけれど」

シリスは世話好きな女性で、我ら近衛騎士隊はよくお世話になっているのだ。女性ならではの細やかさに助けられていると、隊員たちはみな彼女には感謝している。

「ありがとうございます。せっかくなのでいただくことにします。今、幾刻でしょう？」

普段の落ち着き払った声を意識して、私はシリスに尋ねる。かしましく騒ぎ立てる乙女のルディアンゼは、この宮廷では絶対に出してはいけないのだ。

「まもなく正午でございます。今朝はルディアスさまが床に臥せっているとのことで、ディヴィリアークさまが陛下をお起こしになったそうですよ」

「そ、そうなのですか」

隊長が『寝起き悪魔のキリア』と対峙されたというのか。だが、どう考えても悪魔を狩る側の隊長が強い。おふたりが公務などで共にいるとき、ラグフェス隊長は厳しく、陛下に対しても遠慮がない。見ているほうはいつもハラハラし通しだ。

「今朝はキリアさまも早々からお目覚めになり、精力的に活動されていらっしゃいます。おかげで洗濯もすぐに取りかかることができて結構なことですわ」

「日ごろから力及ばず、申し訳ない――」

「あら、これは失礼なことを申し上げました。他意があるわけではございませんのよ、ルディアスさまは常に最善を尽くしてくれていますから。そういえば、ひとつ気がかりなことがあるのですが……」

シリスは声をひそめると、あたりに誰もいないことを確認し、小声で私に囁きかけてきた。

「今朝、陛下のお部屋の寝具を洗濯いたしましたところ――」

重大な秘密を明かすように、彼女は息を止めてから小さく、だが力強く言った。

「シーツに血が」

「ええっ⁉」

思わず心臓が口から飛び出しそうになり、あわてて咳払いをしてごまかす。

「へ、陛下は、どこかに、その、お怪我を……？」

「そのような様子はございませんでしたわ。陛下がちょっとの怪我でもなさろうものなら、過保護な侍医(じい)集団が一個小隊は押しかけますもの。ですから、思うところを申し上げますと」

ますます声をひそめたシリスは、私の耳に手を当てて言う。

「陛下のご寝所にお渡りの姫君がいらっしゃるのではないかしら」

「ぶ――――ッ！」

な、なんてことを言うのだ、この女性は！　もしや昨日のことを知っているのか。私の心臓の音が一気に倍速になる。

そういえばシリスは、宮廷中の出来事を知っているのではないかというほどの噂好きだった。下手な言動をすれば、何を広められるかわからないので用心しなければ。

「シ、シリスどの、それは――いったい、どういう……？」

「高潔なルディアスさまに、このような下世話なことを申し上げるのははばかられますが、女性というものは初めて殿方と情を交わすと、出血する場合がありますの。シーツの血は、その徴(しるし)ではないかと思ったのです。お側にお仕えしているルディアスさまでしたら、陛下がお声をかける姫君にお心当たりがあるのでは」

「とっ、とっ、とんでもないことです！　私は、陛下の個人的なことにはまったく、何も」

「ですがルディアスさま、陛下の場合は個人的なことではすまされないのですよ？　その姫君が懐妊し、もし男児でも生まれようものなら、お世継ぎの王子となるのですから」

「か、懐妊――」

私はごくりと生唾を呑み込んだ。なんだかひどく生々しい話を聞かされた気がして、血の気が引いていく。

そんな私に、シリスは真剣な声で続ける。

「私のような端女（はしため）が心配するようなことではありませんが……陛下を狙っている者は多く、もしお相手がいるという話が広まれば、その姫君のお命にもかかわるのです。陛下はご両親を早くに亡くされていて、男女のことには明るくないやもしれません。せめて側近のルディアスさまが見守ってさしあげてくださいまし」

「……」

もはや、シリスの話の、どこに重点をおけばいいのかわからなかった。彼女に昨晩の出来事を推測とはいえ知られていること、陛下のお相手が懐妊する可能性があること――とくに後者は冗談事ではすまされない。

「も、もし、今の話が事実だとしたら……その姫君が身籠（みごも）られる可能性というのは、どのくらいあるのでしょうか……」

思いっきり動揺してしまったが、シリスにはそれが『側近としての心配』に見えているようだ。噂に耳聡（みみざと）い彼女も、私が女だとは思ってはいないだろう。陛下にバレていたことを聞いてから、私の正体は実は公然の秘密なのではないかとさえ思えていたが、さすがにそんなことはないに違いない。

「さあ、程度にもよるかと思いますが」

「程度とは!?」

「健康な男女が致せば、それはもちろんゼロではありませんわね」

「――――!」

いくら私でも、子作りの手順くらいは知っている。さっきまではその行為にばかりに気を取られて、結果にまで思い至らなかったのだが、昨晩、確かにキリアさまは私の中に――

「ご結婚を決められてからのことでしたらともかく、未婚で隠し子では困りますものね」

そう言ってシリスは冗談のように笑ったが、とても笑える状況ではなかった。

「……事を成したあとでは、もう懐妊の可能性をなくすことは、できませんよね……」

「そんなことはございませんわ。事の前後に薬を服用することで、避妊することもできます」

薬。そんなすごい薬が存在するというのか！　だが、子ができないようにするなど、まるで魔女の毒薬のようだが……

「ですが、今はそんな薬があっても、陛下のお相手がわからないのではどうすることもできません。

もしかしたら、お相手の姫君にきちんと知識があって、しっかり対処されているかもしれませんし。陛下がお目に留められるほどの方なら、きっと賢い女性のはずですもの。私も気にしすぎてしまいましたわ」

「そ、そうですね。その、私からも陛下に進言いたしましょう……」

まったく知識なし！　自分が女であるという意識が薄いため、女性なら知っていて当然の知識がないのだ。陛下がお目をつけた相手は、ちっとも賢い女性ではなかった……！

初めて危機感を覚え、青ざめた。

「あらあら、病床のルディアスさまに長くお話ししてしまうなんて、私ときたらなんてことを。顔色がよろしくありませんわね……具合がお悪いときに大変失礼いたしました。食事は、食べられそうでしたら、少しでも召し上がってくださいな」

そう言って手にしていた盆をテーブルに置くと、シリスは立ち上がった。

この人に去られてしまったら、その薬を手に入れる方法がわからなくなる。万事休すだ。

「ま、待ってください――！　その薬というのは、どこへ行けば手に入るものなのですか？」

「そんなにご心配にならなくても大丈夫でございますよ。陛下とて、何も考えなしにそのようなことをされたわけではありませんでしょうし、そもそも私の想像にすぎませんもの」

「ですが、万が一のことも考えて……」

「宮廷の侍医(じい)に言えば、いくらでも手に入りますでしょう？　ルディアスさまは心配性でいらっしゃいますのねえ」

笑いながらシリスは部屋から出て行った。心配性って、アナタがさも重大な秘密のように話を持ちかけてきたんでしょうが……！

ああ、だがこれで唯一の救いの糸が切れてしまった。侍医に私からそのようなものを注文できるわけがない。ベッドに腰かけ、私は頭を抱えた。

「とにかく、その薬を手に入れないことには。街の薬師を訪ねれば手に入るのだろうか……」

私が、『自分の恋人に使うから』という理由で侍医から手に入れることもできるかもしれない。だが、堅物な騎士ルディアスに恋人がいるなどという噂が広まりでもしたら、こういった話が好きな宮廷の人々によって相手探しが始まるのは目に見えている。

噂がめぐりめぐって、私が女だという真実にたどりついてしまう危険もある。そう考えると、なるべく宮廷の外で探すしかないだろう。何しろ、どこに噂好きの目が光っているかわかったものではない。現に今、シリス嬢という一番危険な人物が目の前にいたではないか！

私はシャツにベスト、ズボン、ブーツという、ありきたりな貴族の子弟の格好で宿舎を飛び出した。今は食欲がないので、シリスには悪いが食事は後にする。

熱？　そのようなものはとっくにどこかにふっ飛んでいることがおわかりいただけるだろう。

＊　＊　＊

「相変わらずグダグダと怠けているな。国王なら国王らしく、朝から勤勉に働け」

近衛隊長ラグフェスは、広いベッドでぐっすり眠りこける国王を鋭い瞳で見下ろし言った。そして、ルディアスがそうするよりも激しく羽毛布団をつかんで引っぱり、国王の身体をベッドの下に叩き落とす。

「おわっ、な、なんだ――？」

床に転がって呆然としていたアルバトス国王キリアドールは、ベッドの向こうでラグフェスが冷ややかな目でこちらを見ていることに気づき、のろのろと立ち上がった。

国王を国王とも思わない不遜な態度の近衛騎士隊長は、幼少期からキリアドールと共に育った幼馴染でもある。他人の目がない場所では、普段の主従の立場が逆転してしまうのだった。

「しまった、子猫の代わりに獅子を呼び出してしまったか。おい、国王陛下に対する礼儀がなってないのではないか、ラグフェス・ユア・ディヴィリアーク近衛騎士隊長？」

「起床に手間をかけさせる国王がどこの世界にいる。敬われたければ、国王らしく振る舞ったらどうだ。近衛騎士はきさまの乳母でもなんでもない」

「おまえこそ、じいやの小言のようだぞ。国王が朝も早くから起き出してピリピリしていたら、下の者が働きにくいだろう。俺はあえて道化を演じているというのに」

胸を反らしてキリアドールは言う。だが、素肌の上にガウンを羽織っただけのキリアドールを、ラグフェスは白い目で見た。

「よもやとは思うが、キリア。きさま昨晩、俺の部下に何かしでかしてはいないだろうな」

「しでかすとは人聞きの悪い。何のことだい？」

キリアドールはラグフェスの鋭い視線からあからさまに目を逸らす。この厳格な友人にだけは、彼の甘い笑顔が通用しないのだ。

「当番の夜勤がいたにもかかわらず、ナルサークが宿舎に戻ってこなかった。そして、早朝になってナルサークの体調が悪いから養生させよとの命令。これはいったい、どういうことだ」

「……隊員の出入りまで管理してるのか」

「当たり前だろう、国王の身辺を警護する者たちの行動を把握するのは、隊長の義務だ。きさまがコソコソ隠れて、騎士たちと夜中に遊び歩いていることも知っているぞ」

「あら、それもご存じで？」

キリアドールは悪戯が見つかった子供のように首をすくめ、愛想笑いでごまかそうとする。だが、ラグフェスは冗談ですませるつもりはないようだ。

「まあそう固いことを言うなよ、ラグフェス。朝から晩まで忙しいんだ。ひとりの時間くらい自由にさせてくれたっていいだろ」

「国王として節度ある態度を取るのならば、何をしようが自由だ」

「ああ、はいはい、わかってますよ。ほんと口うるさいじいやだなぁ。はい、確かに昨晩は騎士ルディアスをおいしくいただきました」

隠し通すことはもはや不可能と開き直って、キリアドールは白状した。

自分がひとりの娘に本気で入れ込んでいるという事実を、幼馴染に知られるのはさすがに照れくさい。あえて軽々しくすませようしているのだが、近衛騎士隊長はそれを許してはくれなさそうだ。

「うちの隊員になんということをしてくれる。――だから反対したのだ、女を騎士団に入れるなど」

呆れ果てたラグフェスはこめかみに指を当て、深いため息をついた。

「いや、大丈夫だよ。他の人間にはバレていないって。俺とふたりでいるときはずいぶんかわいい女の子になっちゃうときもあるけど、基本は誰よりも頼もしい男だって宮廷の女性陣から大人気だから」

「そういう問題じゃない。いくら近衛隊の規律が他より厳しいからとはいえ、しょせんは男の集団だ。紛れ込んでボロが出ないわけがない。今知っているのはきさまと俺だけだが、今回の愚行の影響でナルサークが男として振る舞いきれなくなる可能性もある。どのような形にしろ、いずれ破綻するだろう。そもそも、それが目的だったのなら、はじめから侍女として宮廷に上げればよかったではないか」

「でもあの娘、侍女の仕事はできないと思うよ。本人も剣で身を立てたくて騎士団に入ったんだし。男しか受け入れてないなんて、知らなかったんだってさ。そういう一本気なところ、ほんとかわいいよね」

ベッドに座り枕を抱きながら、寝起きの悪魔はどこへやら、キリアドールはにこにこと上機嫌に笑う。

「……きさまは入隊試験で彼女の正体に気づいたとき、このまま騎士として仕えさせようと決めた。だが、それはナルサークの実力を惜しんでのことだと言っていたな？　女扱いはしないと」

「そうだよ。だからずっとそうしてきたじゃないか」

「今はできていないだろうが。——で、この先どうする。そういうつもりで宮廷に上がっているわけではない娘に手を出し、『かわいいよね』ですませるつもりか、アルバトスの国王は。相手がただの侍女だったら百歩譲って許されるだろうが、相手は国王の御名で男と認めて叙任した近衛騎士だぞ」

「んー、どうしたらいいと思う？」

そう言って脂下がる国王に、ラグフェスは手にしたままの肌掛けを投げつけた。

「話にならん。よりによってドルザックが使者をよこした微妙な時期に、面倒なことを。両国の和平がどうのこうのと外面ばかり取り繕っているが、ドルザックの思惑など知れている。選り取り見取りの姫君をアルバトス国王の妃にと、すすめに来たというところだろうが」

「それはわかっているけど、身辺をちょっとつつかれただけで表立って交渉されたわけじゃない。こちらが相手の意を汲んで清廉潔白である必要はないだろう。だってさ、あんなに毎日熱いまなざしで見られたら……ねえ？　普段は凛々しいけど、最中はほんっとにかわいかったよ」

ラグフェスは深くため息をついて、踵を返した。

「孕ませるような真似はしていないだろうな」

「それはしたけど、ちゃんと事後処理はしたから大丈夫だよ。俺だって、そこまで無責任じゃない」

「これきりで止めろ。近衛隊にいらぬ不和の種を撒きたくなければ、もう二度と手出しするな。事が明るみに出たとき、人心が動揺するだけじゃない、ナルサーク自身にも跳ね返る」

ラグフェスは国王をひと睨みして部屋を出て行く。彼の背中を見送り、キリアドールはため息をつくと、虚空に向かって言い訳した。

「わかってはいるさ。彼女が近衛に入って三年、これでもかなり我慢はしてきたんだ。けど、あんな不意打ち食らったらなぁ……」

ずっと近くにいたけれど、その手に触れることさえせず眺めるばかりの日々だった。

それなのに突然、彼女のほうから飛び込んできたのだ。ふんわりと香る甘い匂い、騎士姿から想像するよりもずっと軽い身体。あわてふためくかわいらしい顔。

一度外れた理性の枷(かせ)を、はめ直すことはできなかった。

誰が聞いているわけでもないのに、キリアドールはその場の空気をごまかすように咳払いし、頭をかく。

「さて、彼女はどう交渉したら妃になってくれるだろうね。一筋縄じゃいかなそうだよな、いろいろと」

第二章　おくすりを買いに

アルバトス王国の城下街リーグニール。

近衛騎士ルディアス・ユア・ナルサーク、本日の任務はこの街の薬屋で『避妊薬』を買い求めることだ。

アルバトス有数の港町でもあるこのリーグニールは、近年ではキリアさまが貿易に力を入れていることもあって、手に入らないものはないとさえ言われている。

たくさんの人や物であふれかえるこの街には、もちろん薬だってありとあらゆるものが流通しているはずだ。

もっとも、私は騎士に叙任されてすぐドルザックへの遠征部隊に参加し、のちはずっと城勤めだったため、あまり城下街に行ったことがない。せいぜい、先日のようにキリアさまのお忍びに随行（おとも）するくらいだが、それだって半年に一度あるかないかだ。

私が生まれ育ったのは辺境のナルサーク村で、領主たる私の実家の周囲には、大きな湖、農村、田畑しかなかった。そう、私はこのような立派な貴族の子弟のナリをしていても、田舎者なのである。

街に着いた私は、愛馬の手綱（たづな）を引いてリーグニールの街を物珍しく見回した。整然とした隊列は見慣れているが、縦横無尽に歩き回る人々を眺めるのは実に新鮮だ。しかし、どこに薬屋があるのだろう。

「すみません、薬を扱う店を教えてはいただけないでしょうか」

近くを歩いていた婦人にそう声をかけたのだが、中年のふくよかな女性は私の顔を見るなり、驚いたように目を見開いた。

「く、薬屋で、ございますか？」

「ええ、できたら多種の薬を扱う、大店を教えていただけるとありがたいのですが」

まじまじと私の顔を覗き込んだ婦人はなぜか頬を赤くして、大通りをはさんだ向こうの通りを指し示した。

「あ、あちらの『迷い道通り』に薬屋がいくつか、あります」

迷い道通りとは、なんたる名称なのだろうか。名づけた者の感覚を疑う。

「それはありがとう」

私は深々とお辞儀をして婦人のもとから立ち去ったのだが……な、なんだろう、背後に激しく視線を感じる。周囲を見回せば、行き交う人々もなぜか私のほうに視線を向けている気がした。

何かおかしなことでもしでかしただろうか。いや、馬を引いて歩いているだけだ。それなら他にもたくさんいる。ならば服装か？　そうか、いかにも貴族という出で立ちをしているので目立つかもしれない。

そう思った瞬間――

「見て、あの人！　貴族の方かしら？」

「すっごい美形！　え、王子さま？」

「こっち見たわ」

「きゃあ、かっこいい！」

向こうから歩いてきた若い娘たちの集団が、悲鳴を上げるのを聞いて得心した。私が日頃、キリアさまにあこがれるような目で、彼女たちは私を見ていたのだ。

そうか、私は女性にモテるのだな。宮廷でも女性に声をかけられることがなかったわけではないが、それは騎士という肩書があるからだと思っていた。異性に抱く感想というのは、地位や立場で差があるわけではないのか。

そうだ、麗（うるわ）しい男性を見て心をときめかすのは、女性にとっては大事なことだ。

――などと呑気なことを言っている場合ではない。こんな所で悪目立ちしていては、秘密の薬を買いに行くことができないではないか。もう少し、地味な格好をしてくるべきだったか。だが、これでもずいぶん地味なものだと思うのだが。

しかし、私が彼らにとって、恐れ多くもキリアさまのような存在に見えるとしたら――そんな人物が街の薬屋で避妊薬を求めれば、好奇心が刺激されて止まないことだろう。

私がその店の店員だとしたら、絶対に顔は忘れまい。ついでに、あれこれといらぬ妄想をしてしまいそうだ。それに、大店（おおだな）ともなれば多くの客がいるだろうし、店員に「避妊薬をくれ」などと言って周りに聞かれでもしたら……！

ひとりでうろたえる私のもとに、神は次の伏兵を送り込んできた。

「ルディアスどの？　ルディアスどのではありませんか！」

ぎょっとし、あわてて声のほうを見ると、見たことのある中年男性がにこにこしながら私に手を振っている。

「こ、これはファリアどの……」

彼はアルバトス宮廷の調理場で働く料理人である。キリアさまのお口に入るものは、すべて彼の手から生み出されるといっても過言ではない。

「珍しいこともございますね、ルディアスどのがリーグニールにいらっしゃるなどとは。今日は休暇ですか？」

「え、ええ。ファリアどのこそ、今日はいかがなされたのですか？」

「食材の買い付けでございますよ。街に出ると、日によっては珍しい品物が手に入りますからな」

「なるほど……。よく来られるのですか」

「先日、ドルザック国の商船が港に着きましたでしょう。その商船の一団が、昨日からこの先の広場でテントを広げ商（あきな）いをはじめておるのです。今日あたりは宮廷の下働き連中も多く街に繰り出しておりますよ」

「……ああ」

言われてみれば、つい先日キリアさまとドルザックの商船団を視察に行ったばかりではないか。

ということは、私の顔を知っている人々が大勢、この街を歩いているということか。危ういところだった。

ファリアと別れた私は、まっすぐ薬屋に寄るのをやめた。あまりにも危険すぎる。

「どうしたものか……」

かといって、このまま手ぶらで帰るわけにもいかない。とにかく「陛下の御子を懐妊」などという事態は避けなければならないのだ。

人ごみの中で突然立ち止まった私を、人々がじろじろと眺めていく。これでは悪目立ちもいいところだ。私は馬を宿屋の厩舎(きゅうしゃ)に預け、裏通りの細い道を選んで入っていく。まるで犯罪者の気分だ。

やがて、住宅が軒(のき)を連(つら)ねる一画にさまよい出た。表の喧騒とは裏腹に、のんびりした空気が漂っており、洗濯ものがゆらゆらと揺れる平和な風景が広がっている。

ふと、とある庭先に、洗濯された女物の服が風になびいているのが目に入った。何の変哲もない、街の女が着るようなワンピースで、見たところ女物にしては寸法が大きい。

「……」

せめて服代の足しになるようにと、そこに金貨を一枚置いて全力で逃走する。

(申し訳ありません、この服を買い取らせていただきます!)

街中にルディアスを知っている者が大勢いるというのならば、誰も知らない人物になるしかない。私はひと気のない場所で貴族の服を脱ぎ捨て、町娘の姿に女装――もとい、変装をした。

私は女としては背が高いほうだが、幸いにして服の寸法に問題はなかった。しかし、スカートを穿き慣れていないので足元が寒々しい。何しろ騎士団に入団する以前からずっと男の格好をしていて、スカートを穿いた記憶がすでにないのである。

一方、胸のあたりはたっぷり余っていて、胸の隆起の少なさを如実に物語っていた。

「女装した男に見えるかも……？」

これは服を着替えただけではだめだろう。クセっ毛をしばっている紐をほどき手櫛で整え、前髪を下ろして顔を隠した。これでなんとか女に見えるといいのだが。

「よしっ」

頬を叩いて気合を入れると、なるべく大股にならないよう気をつけながら大通りへ戻った。

滅多に買い物などしない私が、よりによってなんというものを求めてさまよい歩いているのだろう。だが、己の身とキリア陛下の名誉を守るためには、どうしても必要なことだ。

戯れとはいえ、陛下が一夜を求めた『女』として賢く振る舞わなければ、それこそ御身の恥となってしまう。

それにしても、このスカートという衣服は、なぜこうも心許ないのだろう。ひらひら揺れて足元にまとわりつくし、風でも吹こうものならたちまち舞い上がってしまう。

いや、スカートが長いので、下はそのままズボンとブーツでいるし、世のご婦人方もきちんとドロワーズを穿いてはいるのだが、どうにも気になる。

それに――女物に着替えてからも、なぜか人の目が突き刺さるのだ。やはり、女装した男に見えているのだろうか。うう、早くも任務失敗の予感がしてきた。

だが、引き下がるわけにはいかない。金を置いてきたとはいえ、盗人の真似をして他人様の服をかすめ取ってしまったのだ。せめて、何らかの成果をあげなければ、私はただの愚か者ではないか。悪目立ちしようと女装男と思われようと、ルディアスに見えなければばいい。これ一回きりのことなのだから。

（ん？　一度きり……？）

ベッドの中では、今後も求めに応じろとやんわりご命令されていたような……いや、一晩経って考えてみると、陛下のご冗談だったような気もする。

ふと昨晩のことを思い返してしまい、また身体の奥から何かが染み出してきた。貫かれた場所はまだ少し痛むが、陛下が行為の最中に息を乱していたお姿を思い浮かべると、その痛みさえ疼きにとって代わる。

私は自分で思っている以上に淫乱なのだろうか。あのようなキリアさまのお顔を見てドキドキして、またあの現実と夢の境がなくなるような快楽に身を任せたい、と思うなんて……

（うわあああ、私ったら街中でなんてことを！）

頬が赤くなってはいないだろうか。誰に聞かれているわけでもないのに、頭の中の声が全部外に聞こえているような気がして、私はあわてて走り出した。こんなことで、明日の朝、出仕したとき普段通りに振る舞えるのだろうか。自信がない。

だが、走ったおかげで早々に目的の通りにたどりついた。さっきまで歩いていた大通りとは雰囲気が異なり、道は細く人も馬車の往来も減っている。

薬屋の看板を掲げている店がいくつか見えてきた。儲かっていそうな大店には、客の姿もちらほらある。ここなら品ぞろえも豊富そうだ。

そっと中を覗き込むと、店の主人は男だった。……これは非常に買いづらい。これならば男の姿で来た方がやりやすかったのではないか。

やはりこの手のことは同性に相談するのが一番いいだろう。女店主の薬局がないものか、いくつか店内をうかがうものの、女店主の姿は見受けられなかった。薬局とは男が営むものなのか。そういえば、宮廷侍医団も男ばかりだ。

まさか店選びにここまで難航するとは思いもよらなかった。薬屋のある一画はこの辺りだけのようだし、あまりうろうろしていては人目につく。いっそ、女店主はあきらめて手近な店に入ってしまおうか。

結局、人目を避けるために小さな店を選んだ。それでさえ、中に飛び込むのは勇気がいる。

(アルバトスの近衛騎士がこの程度のことで怯んでどうする！)

自らを叱咤して、いざ一歩を踏み出そうとしたそのときだった。

「放しなさい！」

通りの奥から凛とした女性の声が響いた。ずいぶんと芯の通った声だが、このような裏通りで何があったのだろう。

声のした路地を覗き込んだところ、そこには人相の悪い男たちに囲まれている美女がいた。いや、もう本当に美女と呼ぶ以外の言葉が出てこないほど、目鼻立ちのはっきりした美しい女性だった。

艶やかに梳られた黄金色の髪は背中まで波打ち、身なりもいい。きちんと襟元を閉じたドレスで、気品さえうかがえる。

それにひきかえ、彼女の手をつかんで取り囲む四人の男たちは、後ろ姿だけで悪党の集団だとわかる。よしんば男たちのほうに正義があったとしても、女ひとりに対して男が集団という構図は感心できない。

「ん？」

よく見れば、先日私が陛下のお供をした際に、旅人に狼藉（ろうぜき）を振るっていたベルド商会の連中ではないか。あの中心にいる巨漢の姿はそうそう見間違えまい。

「私に言いがかりをつけても無駄です。文句があるのなら、正規の手順を踏んで正面からおいでなさい」

「言いがかりじゃねえんだよ、あんたらがしこたま儲（もう）けて、それを懐（ふところ）に隠してるのはわかってるんだぜ？　ショバを提供しているこちらに、正当なみかじめ料を支払うのは当然だろ？」

「うちはきちんと国に許可をいただいた店ですし、土地には正規の所有者もおります。なんでしたら、法院にかけあっていただいても結構です」

ああ、噂には聞いたことがあるが、本当にこういった金銭の巻き上げというものが行われているのだな。勝手に縄張りをつくり、その中で営業している店から場所代やら護衛料やらを要求し、資金源とする悪党集団がいると。

先年、キリア陛下が大がかりな税制改革を実施なさってから、アルバトスで商（あきな）いをするためには、新たに設立された商人ギルドに登録しなければならなくなった。

そのおかげもあってか、以降、闇商人が横行していた裏町はだいぶ浄化された。だが、こういった悪党集団には大きな打撃となったのだ。以降、彼らは表向きの活動は控えたものの、法の隙間をくぐり抜け、依然として勢力を保っている。

いずれ陛下が掃討作戦を打ち出すだろうが、今のところは様子見をしている。一気に叩きのめしてしまうと、その反動で抵抗が激しくなり、かえって鎮静化が難しくなるのだそうだ。

善良な人々に数を恃(たの)んで脅しをかけ、金銭を奪っていくなど、許しがたい悪党集団だ。そう、今目の前にいるやつらも。

「ほんっとにクソ生意気な女だな。二度と店に立てねえようにしてやろうぜ」

「よせよせ。この女なら上物だし、いいカネになりそうじゃないか？　アルバトスの女は価値があるらしいからな、売ってやったらさぞ高値がつくだろうよ」

下品な笑い声にキレたのは私のほうであった。なんなのだ、この下卑(げび)た連中は。しかも、女性を売るだと？

キリアさまはこういった連中を街から締め出そうと尽力なさっているのだ。微力ながらも、浄化のお手伝いをせねば。

「そこまでにしたらどうだ、下種(げす)ども。見苦しいにもほどがある」

先日と違い、腰に愛剣は下げていなかったが、このような連中に国王陛下から賜(たまわ)った剣を使うなど以(もっ)ての外(ほか)。素手で充分だ。

「なんだ、この女は」

あ、ちゃんと女と認識してもらえてる。よかった〜……じゃなくて！

「おまえらのような下種に名乗る名などない。その女性から離れろ」

女の格好でこの啖呵はさすがにないだろう、と自分でも思うのだが、この姿で荒っぽいことをしたことがないので仕方がない。

彼らも突然のことに目を丸くしていたが、私が丸腰の上にひとりきりだと知り、自分たちが優位だと考えたようだ。だが、こいつらの実力など、先日の一件でとうに知れている。

「こりゃ勇ましいことで。あんたもまざりたいのか？　いいぜ、女なら何人増えても大歓迎だ」

「生意気な女をよがらせるのは楽しいからな！」

ふたたび男たちは下劣な笑い声を上げる。キリアさまの蕩ける笑顔とは真逆で、癇に障った。同じ男だというのに、なぜ神は彼らのような根性のひねた連中を作りたもうたのか。

だが、こんな連中に指一本だって触れさせる私ではない。避妊薬を買い求めることに比べたら、彼らを叩きのめすほうがずっと楽だ。

「ちょっと、あなた。早くお逃げなさい！」

例の美女が私にそう言ってくれているが、ここで逃げ出しては騎士の恥だ。そもそも逃げ出すくらいなら、最初から話に割り込んだりはしない。

「もう一度言う。その女性から手を離して退散しろ」

私は、口でとやかく言うのはあまり好きではない。男の集団に揉まれてきたこともあり、理屈の通じない相手には諭すより先に手が出るのだ。

だから近づいてきた男に向かって、出鼻をくじくように硬いブーツの爪先で鼻先を蹴り上げてやった。

「ふがぁっ！」

まさかいきなり蹴りがくるとは思わなかったのだろう、男はまともにそれを喰らい、のけぞった。

おっと、乙女にはあるまじき行為だったか。しかし、彼の目には私のスカートの中ではなく、火花が見えただろう。あるいは星が弾けたか。

鼻血を噴いて一人目が昏倒（こんとう）した。続く二人目には、硬く握りしめた両こぶしを脳天から喰らわせる。女とはいえ、日々鍛錬を積んでいるので、構えも何もなっていない男を殴り倒すくらいわけもない。しょせん連中は数に物を言わせて威圧するばかりで、個々の戦力などたかが知れている。

「な、なんだこいつ……」

三人目は私に近寄るのを躊躇（ちゅうちょ）していたが、背後の巨漢に背中を押され、ヤケクソになってナイフを振りかざしてきた。

「そんな及び腰で私が仕留められるか！」

刃（やいば）の軌道を読む必要もない。男の足元に低い回し蹴りを放ち、転倒させたところで、ナイフを持つ手をつかんだ。そしてそのままナイフを奪い、男に向かって振り上げる。

「うわぁあああ！」

私とて無駄に流血沙汰に及びたくはない。しかも民間の女性の前である。ナイフは悲鳴を上げる男の眼前でピタリと止めたが、刺されると思った男は失禁し、気絶してしまった。

こうして、あっという間に三人の男が倒れた。残るはリーダー格と思しき巨漢だけである。

「こ、この――女の分際で！」

「ふん、男のくせに不甲斐ないな、数に任せていばり倒すしか能がないのか」

この手の輩は、単純な挑発にあっさりと乗ってくれる。案の定、巨漢は怒りで真っ赤になった顔で腰から小剣を抜くと、それを私に向けてきた。

だが、あぶなげなく小剣をかわし、膝を蹴り上げて巨漢の鳩尾にめり込ませる。そんな手つきではウサギ一羽だって仕留められまい。

巨漢が息を詰まらせた一瞬、手刀で剣を叩き落とした。そして、彼の手から離れた武器を蹴り飛ばすと、ヤツの割れた顎を正面から手のひらで強打する。

手加減はしたつもりだが、果たして巨漢はあっさりと脳震盪を起こして地面に没した。

「驚いた……あなた、とても強いのね」

美女は呻いて起き上がれなくなった男たちを尻目に、感嘆の声を上げる。

「お怪我はありませんか？　こんな昼日中に、物騒な連中がうろついているものですね」

私が言うと、彼女はサファイアのような美しい碧眼を丸くして、やがて笑い出した。

「まるで騎士みたいなのね、あなた！　男だったら間違いなく一目惚れよ」

「あ、いえ……お恥ずかしいかぎりです」

「私はシャーロス。助けてくださってありがとう。あなたは？　私には名乗ってくださるかしら」

「えっと、私は――ルディアです」

まあ、愛称なら名乗っても問題はないだろう。私の本名を知っているのは、ここではキリアさまだけ。そう考えるとなんだか気恥ずかしくなる。そのドキドキついでに、昨晩の行為の名残が痛み出し、私は腹を押さえてうずくまってしまった。

「あいたたた……」

歩くだけでも痛かったのに、後先考えずに暴れたせいで痛みが増してきたのだろう。

「大丈夫?」

「は、はい、大丈夫です」

「怪我をしたようには見えなかったけど、だいぶつらそうよ。私の知り合いに薬師がいるから、診てもらいましょう」

「こ、この痛みはすぐに引きますから……あ」

薬師! 今、私が必死に探し求めているものだ。そこはぜひとも紹介していただきたいところだが、「処女喪失の痛みが……」なんて、他人様に相談できない。なんとか避妊薬の話だけですむようにしなければ。

「すぐそこだから、遠慮しないで」

「は、い……」

しばらくすると強い痛みは落ち着いたが、相変わらずズキズキする。時間が経てば治まると思うが、明日の任務に差し支えないだろうか。

ともかく避妊薬を手に入れないことには、宿舎へ戻ることも、陛下に顔を合わせることもできやしない。

「ひとまず彼らは衛視隊に引き渡したほうがよさそうですね」

「それは任せて」

シャーロスはにっこり笑うと路地に面した酒場に入り、しばらくして戻ってきた。

「あのお店の店主に通報をお願いしたから心配はいらないわ」

「お知り合いなんですか？」

「この辺りでは、少しは顔が利くの。さあ、行きましょう」

私はシャーロスに案内されるまま、やや入り組んだ路地の裏に入っていった。

こんなうらぶれた場所に連れ込まれたら、騙されているのだろうかと不安を覚えるかもしれない。

だが、彼女は私の実力を目の当たりにしているので、そんなことをしても無駄だとわかるだろうし、
そもそも彼女の知的な話し方や気品のある物腰を見れば、私を陥れるような人物ではないと容易に判断できた。人を見る目はそう悪くないと自負している。

「ここよ。ちょっとおんぼろだけど、腕は確かな薬師なの。ちょうどここに用があって来たところを連中につかまって。本当に助かったわ、ありがとう」

「いえ、ただの通りすがりですし、私が勝手に割り込んだだけですから、お気遣いは無用です」

「ふふ、本当に騎士みたい。女だなんて残念だわ」

やはり私は女性にモテるようだ。ともあれ、他人様に好感を持たれて悪い気はしないので、素直に喜んでおくことにしよう。

シャーロスが入ったのは、本当におんぼろという言葉がぴったりの、半壊しかけた小屋だった。日中だというのに店内は薄暗い。中へ足を踏み入れると、薬草の独特の匂いが充満していた。

「フェルマー婆(ばあ)さん、いる？」

シャーロスが暗い店の奥に声をかけると、ややあって小さな老婆がひっそりと現れた。数珠(じゅず)つなぎになった大きな石の首飾りをしていて、暗い色のローブを身にまとっている。こんなに暗い店内だというのにフードを目深(まぶか)にかぶっていて、私には皺(しわ)の刻まれた口元しか見えなかった。

「おや、シャーロス。もう一月(ひとつき)経つのかね？」

「一月(ひとつき)以上経っていますよ。また薬を仕入れにきたけれど、用意できていて？」

「できておるよ。ちょいとお待ち」

老婆がごそごそと棚を探り、やがて丸薬がたくさん詰まった瓶をシャーロスに差し出した。

「新作もできあがったんじゃが、試してみるかね？」

「新作？　またあやしげな薬じゃないでしょうね。それよりもフェルマー婆(ばあ)さん、この方」

シャーロスはおっかなびっくりで様子を見ていた私の肩を押し、老婆の前に立たせた。

「私の命の恩人。ベルド商会の連中に因縁つけられていたところを助けてくれたの。だけど彼女、どうやらお腹が痛いみたいで」

「ほほ、美しい外見にそぐわず、なかなかの手練(てだ)れのようじゃの」

老婆は私の手を取り、そこにできたマメをなぞって言った。剣の鍛錬をしているせいで、私の手の皮はだいぶ厚い。

「して、腹痛とな？　何か悪いものでも食べなさったかね？」

「あ、いえ、そういうわけではないのですが……」

幸い、この場に殿方はいないので、用向きは話しやすいのだが――やはり女性相手でも言いづらいことに変わりはない。しかし、ここで迷っていても仕方がないと腹をくくった。

「あ、あの、腹痛は大したことがないのですが、実は別件で薬師どのに用がありまして……こ、こちらで、その、ひ、避……妊、薬は、扱っていますか」

そう言った途端、シャーロスとフェルマー婆さんが顔を見合わせた。羞恥のあまり頬が真っ赤に火照ってしまう。

「避妊薬。事前かね？　事後かね？」

「――あ、後のほうで……」

「あるよ。ちょいとお待ち」

老薬師はそれ以上詳しいことは聞かず、奥へ引っ込んだ。ほっとしていると、シャーロスが目を丸くして私を見ていた。

「もしかして腹痛って、そのせいで？」

「いや……その、お恥ずかしいかぎりです……」

まったくもって、こんなに恥ずかしい話があるだろうか。

すると、シャーロスの知的な顔が心配そうに曇った。

「そんなに痛いなんて、初めてだったのかしら？」

「あ――」

こちらも、何とも答えづらい質問である。言いにくそうにしている私を見て、シャーロスは美しい顔をしかめた。

「女の純潔を奪っておきながら、当の本人に薬を買わせるなんてひどい男がいたものね！　避妊したいってことは、子供ができたらまずいということでしょう？　普通はそんな薬、使わないもの」

「あ、それは、その……」

「まさか無理矢理されたんじゃないでしょうね。私、本当に身勝手な男って大嫌いよ！　自分たちは気持ちいいからそれで充分かもしれないけど、こっちはそれだけじゃすまないのに。ルディア、あなたせっかく強いのだから、そんなろくでもない男はぶちのめしてやりなさい！」

へ、陛下をぶちのめすとか！　いえいえいえいえ、そんな滅相もない！

「あなたみたいな強い人が抵抗できなかったってことは、権力者が相手なのね？　ならばなおのこと、処女を奪っておいて事後を放ったらかしなんて許せないわ。そんな男の××なんてちょん切ってやればいいのよ！」

シャーロスのような美女の口から、とんでもない単語が飛び出した。何か、過去にいやな思いでもしたのだろうか。

「あ、あの方はそんなことは――」

キリアさまはろくでもなくなんてない。私も半ば望んだことだったのだ。

名は明かせずとも、ここは陛下の名誉を守るために誤解は解いておかなければ。

「その、抵抗しなかったのは私ですし……ずっと長いあいだ片恋で、その、こんなことは二度とないと思って、それで……」

避妊薬を探し求めて街をさまようことになったのも、私が一度くらいは陛下に——なんてヨコシマなことを考えてしまったことが原因なのだ。

だって、あのときキリアさまが——昨夜のことを思い出す。すると一気に生々しい息遣いが耳元によみがえって、性懲りもなく秘所からまた熱いものが湧き出した。私、かなりいやらしい娘なのでしょうか。

「だからといって、することはしたんだから、男の責任もあるのよ。右も左もわからない処女の中に出すなんて、卑劣もいいところだわ」

出すって……中に出すって！　シャーロスのような清楚な美女からそんな言葉が飛び出すとは。そこまで言われると、まるで私があくどい男の慰み者になったような気さえしてくる。だが、キリアさまは決してそんな……

私がおろおろしていると、ちょうどフェルマー婆さんが戻ってきた。そして、目の前にふたつの瓶を置いた。

「で、まぐわったのはいつだね？」

まぐわった、って！　なんという直接的な質問。いや、薬師として当然の問いかけなのだろうが、私の常識とはだいぶかけ離れている。自分の中の『当たり前』が崩壊しそうだ。

「さ、昨晩です……」

「まだ丸一日は経っていないね？　ならこの液体の薬が一番効果がある。おまけにこの丸薬もいくつかやろう。こちらは事前に一粒飲むとよい」

「あ、ありがとうございます」

事前の薬など必要ないだろうが、今後の参考までに……いや決して、キリアさまとの二度目を期待してるとか、そんなわけじゃ絶対にないですよ!?

「ただし」

受け取ろうと手を出した私の鼻先に、老婆のしおれかけた指先が突きつけられた。

「しめてお代は銀貨一枚じゃ。避妊薬なんていうものは、庶民には馴染みのない贅沢品じゃからのう」

「あ、はい」

私は懐の金入れから、銀貨を一枚取り出して老婆に渡した。世間の相場はよく知らないが、銀貨一枚で陛下の名誉が守られるのであれば安いものだ。

だが、銀貨を受け取ったフェルマー婆さんもシャーロスも、呆然と私を見つめた。

「ルディア、あなた、お金持ちなのね……」

「うむ……。まさか即金で支払われるとは思わなんだ」

「えっ」

銀貨ってそういうものなんですか！　普段ほとんど買い物をしないので、金の価値自体がわかっていないのか、自分。だって王宮にいるかぎり、本当にお金を使うことがないのだ。

「ともかく、早いところその液体の薬をお飲み。早ければ早いほど効果が高いからのう」

「そ、そうですね。それではいただきます」

瓶はそんなに大きくもないし、中の液体もたぶん一口で飲める程度の量だ。強いにおいはないが、避妊薬などというものを飲むのは初めてのことなので、少し緊張する。

勇気を出して、一気に喉に流し込む。すると、たちまち口の中に苦みが広がり、むせ返りそうになった。でも――あれ？　この味、どこかで……？

「ああっ！」

思わず大声を上げて、ふたりを驚かせてしまった。だが、それだけ自分も驚いたのである。

「私、この薬、飲んだことがあります――その、今朝……あの方が私に」

今朝方、服を着ておろおろしていた私に、キリアさまが口移しで飲み込ませた液体とまったく同じ味だったのである。

「え、飲んだことがあるって――」

「あの方は避妊薬だとはおっしゃっていませんでしたが、間違いなく同じ味です。私ったら動転していたせいで、飲ませてもらったことも忘れていました」

心の底から安堵して私は胸を撫で下ろした。今日一日の不安がすべて打ち消されて、腹痛すら消えてしまったように身体が軽い。

「よかった、あの方はろくでなしなんかじゃなかったですよ、シャーロスさん」

「そ、そうなの？　それならいいんだけれど……」

「本当にお騒がせしました。それにフェルマー婆さんもありがとうございました。そうだ、シャーロスさん。あのベルド商会の連中にはくれぐれも気をつけてくださいね」

「え、ええ……私こそ助かったわ、ルディア。ありがとう」

「今日のこのご縁に感謝します。あ、もうこんな時間なんですね、それでは、私はこれにて」

キリリと騎士の礼をして、私は軽い足取りでフェルマー婆さんの店を後にした。

やはりキリア陛下はおやさしく、臣下に気遣いを忘れない誠実な御方なのだ。

そういえば、あのキスの後、陛下は何かおっしゃっていた。確か、私との秘密が続くためのおまじないとか……あれは、避妊薬だったのだ。

私が懐妊してしまわぬように配慮いただいたことには感謝している。とはいえ、私はまた陛下の夜のお相手をすることになるのだろうか。

大好きなキリアさまに抱かれて、どこか浮かれ気分でいたのだが、この先のことを考えるとそうそう浮足立ってもいられない。

私は近衛騎士で、陛下の身辺をお護りするという重大な任務を与えられている。昨晩のようなことが続けば任務がおろそかになってしまうだろう。何かあってからではすまされない。陛下に触れていただけないことを残念に思う気持ちもあるが、それ以上に御身のほうが大事なのだ。

(やはり——陛下には再考いただかねば！　今後も近衛騎士としてお仕えしていたい)

乙女なルディアンゼには悪いが、それが真っ当な物の考え方だろう。先ほどフェルマー婆さんから丸薬をもらったものの、これを使うことなどない。

った。

――のはずが、実は早々にその機会が訪れることになるのを、さすがにこのときは予想できなかった。

＊＊＊

ルディアスが立ち去った後の、フェルマーの店にて。

「わし特製のこの避妊薬は、卸先（おろしさき）が限られているのだがのう――まあ、深くは詮索すまい。客の秘密は墓へ持っていく、それが薬師（くすし）の掟（おきて）じゃ。おぬしも似たようなものじゃろう。忘れておくれ」

「ええ」

嵐のように去って行った腕っぷしの強い娘を見送り、薬師（くすし）と美女は肩をすくめた。

「それにしてもベルド商会の連中、このところずっとおとなしかったのに、急に強気に出てきたわ。何を企（たくら）んでいるのかしら」

「やつら、先年の国王の改革以来、資金調達ができなくなって困窮しておる。リーグニールの大掃除もだいぶ進んだようじゃが、追われたネズミどもはなりふり構っておられなくなったのじゃろう。うまい具合にドルザックの商船もやってきておる。今回の交渉で晴れて通商航海条約が結ばれたとなれば、ドルザックとの闇取引もずいぶんとやりやすくなるんじゃろうな」

「違法経営の店もずいぶんなくなったし、この辺りは平和になったけれど、まだまだ火種が完全になくなったわけではないようね」

シャーロスはため息をついてから、ふと思い出したように言った。

「ところで、さっきおっしゃっていた新作って何でしたの？」

「あれは特製の薬でのう。媚薬と避妊薬のいいとこどりで、事前に飲めば孕む心配もなく、事の最中には身体の芯から火がついて、絶頂の連続じゃ。さりとて持続時間は短く、翌日までひきずることはない。貴族どもに高く売れること請け合いじゃろうな」

「……うちは媚薬は扱わないことにしてますので」

「それは残念……おや、試作品をどこに――」

老婆はフードの奥でしわぶいた瞼を瞬かせた。

「しまった、さっきの丸薬じゃ。間違えてあの娘に渡してしもうた」

「――私、何も聞いていません。では、今月の代金はこちらに。また来月もよろしく」

先ほどの娘のことを案じつつも、シャーロスは受け取った薬の代金を置いて、そそくさと逃げ帰ったのだった。

＊　＊　＊

リーグニールでの重大な極秘任務を終えた次の日のこと。

昨日までの心配事がなくなった私は、いつも通りに朝の鍛錬を終え、陛下を起こしにお部屋へと向かった。

あれから初めて陛下と顔を合わせるので、かなり緊張はしているのだが……大丈夫だ、冷徹な近衛騎士ルディアスでいれば問題ない。間違ってもあの夜のような展開にならないよう、気を引き締めて行こう。

「おはようございます、ルディアスさま」

「やあ、おはようございます、ミミティア」

侍女のミミティア嬢が上気した顔で私を見て、なぜかどぎまぎした様子で目を逸らした。ん？　今のはどういうことだろうか。

「ルディアスさま、昨日はお身体を悪くされたとか、大丈夫なのですか？」

「え――ええ。心配をおかけしましたが、もう大丈夫。ありがとう」

そうだ、昨日は体調不良で休んだことになっているのだ。そういえば、陛下とイタしてしまった日の昼に、彼女の前で階段から転げ落ちるという失態を見せてしまった。そのこともあって、あやしまれることなく体調不良だと思ってもらえたようだ。

「昨日は、ラグフェス隊長が陛下のお部屋にいらしたので、驚きました」

「そうですね。私も隊長がいらっしゃる場面など見たことがありませんから、少し見てみたかった気もします」

ははは、と笑ってすませようとしたのだが、ミミティアはなぜか顔を赤くして私を見上げ、また目を逸らしてしまった。

「ミミティア？　どうかしましたか？」

「いえ！　ルディアスさま。キリア陛下は……絶対に大丈夫ですから！」

「――陛下が、何か？」

キリアさまのお名前を出されると、それだけでドキッとしてしまう。顔が強張りそうになるが、落ち着け落ち着け。ミミティアに先日のことが知られているなんてことはないはずだ。

「あっ、私ったら、わけのわからないことを……申し訳ございません。本日のご予定ですが、いつも通りの朝の謁見と、午後からは――」

今日はとくに変わった行事もないし、通常の業務のみのようだ。私は礼を言ってミミティアと別れた。

そして陛下のお部屋の前に立った私は、ノックするために腕をぎこちなく上げた。

（このお部屋で、キリアさまと――わああ、どんな顔をして入ればいいのか、見当もつきません……！）

普段、私はどのような顔をしていただろうか。今日はどうしても顔の一部がひきつって、元に戻らないのだ。どうしよう、このままではノックすらできない。

陛下のお部屋の前で固まっていると、朝から忙しく働く人々が不審そうに私を眺めていく。先日の秘め事が、すでに城中の人々に知られているのではないかという錯覚に陥りそうになる。その考えを振り切るように、私は急いで陛下のお部屋に逃げ込んだ。

「キッ、キリアドール陛下、おはようございます。起床のお時間でっ、ございますッ！」

妙なしゃべり方になってしまったが、口から出してしまったものは仕方ない。

お部屋の中を見れば、いつもはカーテンに遮られて薄暗い室内が、すでにまぶしかった。しかも、陛下はとうにお着替えをすまされて窓辺の椅子に腰を下ろしている。

「こ、これはキリアさま、今朝はずいぶんとお早く……」

「やあ、ルディアス。身体の調子はどう？」

陛下の発した「身体」という単語で、私の心臓は激しく鼓動をはじめた。下腹部の痛みはだいぶ落ち着いたが、陛下のやわらかなお声が耳から染み入ると、また別の痛みを覚える。

「お、おかげさまをもちまして――」

明らかに挙動不審な私に、陛下は相変わらずやさしく微笑みかけてくださる。ああ、やはりこうしてお顔を拝見しているだけで癒される。

しかし、私たちの間にただよった微妙な空気を切り裂く声が――

「何が『寝起き悪魔のキリア』だ。結局はただの己の怠慢ではないか」

その鋭い声は部屋の奥から発せられた。目でその存在を確認するよりも早く、私の耳はその正体を察知する。

「たたた隊長！」

陛下とのむにゃむにゃな出来事への恥じらいも、この微妙な空気も、瞬時に凍りつく。

「キリア陛下のお寝起きの悪さにより、近衛隊の任務に支障が出ていると聞いたので、様子を見に来た。お起こしするだけで何時間もかかっていては、一日の予定に差し障りがあるし、隊員も余計な時間を割かねばならない。陛下、僭越とは存じますが、今後は今朝のようにすっきりお目覚めいただきたいものです。夜更かしなどなさらずにね」

「――はい」

おお、あの自由奔放で臣下を煙に巻く陛下が、隊長のお言葉にしおれている……！　なんという奇跡だろうか。しかし、これでは陛下の愛くるしい寝起きのお顔を拝むことができなくなってしまう。

(隊長、それはあんまりな仕打ちでございます！)

――とは口が裂けても言えないが。

隊長はそれだけ言うと、お部屋から出て行った。その後ろ姿を最上級の敬礼で見送った後、私は完全に近衛騎士モードに戻る。さっきまでの乙女な恥じらいをラグフェス隊長に見られてしまったことが悔やまれてならない。

「まったく、おせっかいなじいやだ。こんな朝っぱらから正装させられたんじゃ、ルディアンゼといいこともできやしない」

(私とイイコト⁉　そ、それは……)

待て待て、浮かれている場合ではない。きっぱりと陛下に先日の話をお断りしなければならないのだ。私は拳を握って気合を入れる。

「陛下。た、大変恐れながらその、先日のお話は、やはりなかったことにしていただけないでしょうか……」

「先日の話って、どれ？」

「へ――陛下の、ご寝所に、は、侍るという……その」

するとキリアさまは、さも意外そうに私の顔を見つめた。うおお、そのきょとんとしたお顔もまた、非常にそそられます。

「どうして？　気持ちよくなかった？」

「決してそのような！　とても気持ち――」

って、何を言い出すのだ私は！　正気に返れ、近衛騎士のルディアス・ユア・ナルサークは感情に流される男ではないだろう！

「そ、そういうことではなく、わたくしは近衛騎士でございます。身体は女でも、心は男のつもりでおりますし、わたくしには陛下の身辺をお護りするという重大な任務がございます。陛下にお目をかけていただいたことは大変な栄誉でございますが、このような関係はいずれ人の噂にもなりましょうし、その結果は、陛下にとって何の益ももたらすことはございません」

声が少し震えている気がするが、きちんと言えたと思う。きっとキリアさまもわかってくださるはずだ。

「なるほど。まあルディアスの言いたいことはわかるよ。僕は男色だと思われてもちっとも構わないけど」

陛下が男色！　それはそれで、新しい境地が……いやいや！

「そ、そういうことでは」

「でもまあ、男色というのも不都合があるしね。それじゃあ、いっそ近衛騎士はやめて、僕のお嫁さんになるかい？」

「ごふッ――へ、陛下っ、あまりわたくしをからかわないでください！」

女扱いされることに耐性がないんです、朝からこんなに心をかき乱されては……と、涙ながらに訴えようとしたが、キリアさまが真剣な顔で見つめてこられたので、私も姿勢を正して真摯に告げる。

「――陛下、あまりお戯れがすぎますと、ルディアスにも考えがございますよ。わたくしの望みは、キリアさまがつつがなくアルバトスを治められ、王妃さまを娶られて、お世継ぎをもうけられることでございます」

何しろ陛下の発言は、突拍子がなさすぎて冗談以前の問題だ。

かちっと騎士の礼をし、陛下にそう進言すると、すっかり私の肚は決まった。

私の立ち位置は、あくまでも陛下の御身を守るための近衛騎士。この身を賭して陛下をお護りするという、重大な任務がある。それをおろそかにしてキリアさまのお相手になるなど、とんでもない。もう悪魔の甘い誘惑には惑わされない。

先日のあれは夢、一夜の幻だ。妄想が高じすぎて、十八歳未満禁止の夢を見てしまっただけなのだ。ああ、恥ずかしい。

「では、今朝は食堂で朝食を。侍女を呼びます」

深々と一礼して部屋を出た。その後で陛下がどのようなお顔をされていたかは見えなかったが、賢王と誉れ高い陛下のこと、きっとわかってくださったはずだ。

＊＊＊

本日は、ごく平和な一日だった。

洗濯係のシリスも、今日は洗濯物に変わった様子がなかったと報告にきてくれた（あるわけがない！）。私はといえば、謁見（えっけん）の間で人々の陳情を聞く陛下の一歩後方に控えているところだ。その勤勉なお姿にいつも通りきゅんきゅんしながらも、表面は一騎士としての節度を保っている。

だが、夕方になって大臣たちと会議の場を持たれたとき、問題が勃発した。

「実は、ドルザック国の船団が帰国の途につく際、我が国の商人ギルドからも交易船を同道させることになったのですが……ドルザックとの正式な通商航海条約の適用は来月からでございます。輸出する荷物のリストは作成したものの、今回は条約公布前の特例となりますため、すべて陛下のご捺印が必要と、港湾局が申しておりまして……」

「なぜ急にそんなことに。前もって準備できたであろう」

「なんでも、ドルザックの交易船が到着した直後、大使どのから商人ギルドのほうに直接お誘いがあったそうなのでございます。通常、陛下へのご申請は商人ギルド側からの申し立てが必要になりますので、荷物のリストだけでなく、その手続きに必要な資料を作成していたとか。そのため時間がかかり、この時期になったとのことでした」

「書類はどれほどか」

「はっ、各商会それぞれ一種の品物に対して一枚の申請書を作成しております。おそらく、ざっと千枚は」

「――」

温厚なキリア陛下のこめかみに血管が浮いたのが、後ろに控えていた私にもわかった。要するに、千枚の紙に陛下が直々に判を押さねばならないということだ。

「提出は？」

「それが……大変申し上げにくいのでございますが、明日の正午にはドルザックの商人たちがリーグニールから出港いたしますので、そのときには揃っている必要があるとのことで……」

なんともまあ、ひどい話ではないか。来月からはそのような細々しい書類など不要になるのだから、そんなに急がなくともいいだろうに。しかも、今の話だと、実質明日の朝までに書類に判を押さなければ正午に間に合わないことになる。

近衛騎士が口をはさむことではないので黙っていたものの、陛下もさすがにお断りになるのではないか。

だが、陛下は肩をすくめておっしゃった。

「――わかった。明日の朝には商人ギルドに届けさせよう」

「おお！　ありがたきお言葉にございます、国王陛下」

無茶な要求にもさわやかにお答えになる。さすがはキリアさまだ。だから皆、キリアさまに夢中になるのである。

「だが、ひとりでその量を処理するのはさすがに厳しい。ルディアス、悪いが今夜、手伝ってもらえないか。捺印後の確認だけでよい」

「わたくしでございますか？」

「夜までは余も身体があかぬし、文官のマロースは奥方が生み月で、先日から宮廷におらぬ。余の手助けをしてくれ」

「かしこまりました。わたくしでお役に立てるのでございましたら」

そういう事情ならば、もちろん断るわけがない。陛下とふたりきりで過ごすのは緊張するが、今は陛下のために力を尽くそう。それに、そんなたくさんの書類を前に、陛下も先日のようなことをしようとお考えにはならないはずだ。

私が承諾すると、それで会議は散会となった。


それから私は次の近衛騎士と交代し、夕食をとって休憩した後、陛下の執務室を訪れた。陛下もお忙しい身なので、ようやく時間が空いたのはご就寝のちょっと前だった。下手をしたら徹夜作業だが、私に否やのあろうはずがない。お仕事に勤しまれる陛下を間近で拝見できるなど、ご褒美だと思えるほどだ。

――このくらいは近衛騎士としても許していただけるだろう。

これは近衛の職務ではないので、いつものような胸当て鎧などもつけず、略式の軍服にした。

この執務室は、歴代の国王が歴史を作ってこられた、王国の中心部とも言える重要なお部屋だ。

普段、護衛が中へ入ることはまずないので、おのずと私も緊張する。

「やあ、来たね、ルディアス。マロースの不在を狙って面倒な仕事が舞い込んだものだ」

「このような急な話、お断りしてもよろしかったのではございませんか？」

「商人たちが活気づくのはいいことだからね。まあ、確かに急すぎる話ではあるが、これも国民（くにたみ）のためになると思えば構わないさ」

公（おおやけ）のために私（わたくし）を削られるお姿はまことにご立派で、感涙を禁じ得ない。

「ではさっそく、ご捺印を。わたくしは印の準備をしてまいりますので――」

「あ、いいよ。もうだいたい終わってるし」

そう言って、キリアさまは黒檀（こくたん）の机に積まれたふたつの紙の束を示した。片方の束は何百枚と積まれているが、残る束は数十枚程度だ。

「こっちの山は捺印ずみ。残りはあと二十枚ってところかな」

「は――？」

一瞬、おっしゃる意味がわからずに、口を開けたまま陛下を見つめてしまった。

「捺印ずみ、とおっしゃるのは、その、千枚の書類束のうち、すでに九百八十枚の捺印が完了したと……そういうことでございますか？」

「そう。さすがに手が疲れちゃった」

右手をぶんぶんと振ってから、陛下は残りの書類に捺印すべく、ずっしり重たい印を手にされた。

「あの、僭越（せんえつ）ではございますが……わたくしの手助けなど必要なかったのでは？」

ハテナマークを頭上にたくさん飛ばしつつも、陛下に尋ねる。

「必要だとも。押し忘れがないか確認しないといけないし――この捺印疲れを癒（いや）してもらわなくては」

「ねっ」と陛下は屈託のない笑顔を私に向けられた。くぅ、なんと罪作りな笑顔でいらっしゃることか。そんな風にはにかまれたら、ノーとは言えな……ってちょっと待て！　流されるな！

だんだんと嫌な予感がしてきて、心臓がドクドク脈打ち始める。

「と、とにかく、確認させていただきます」

「国王に即位してから七年、毎日毎日ハンコばっかりついてるからね、もはや僕はこの道の玄人（プロ）。速さで右に出る者はいないだろう」

陛下の誇らしげな言葉のあと、私はひとまず捺印ずみの書類をめくりはじめた。確かに、夕方に大臣から渡された紙束には、一切の乱れなく美しい朱印が押されている。さすがに量が多かったので、すべての確認に小一時間はかかってしまった。その間に陛下は残りの捺印を終え、途中でミミティアが運んできた紅茶を召し上がっていた。

「キリア陛下、こちらによけてある、印のない書類はいったい……？」

陛下の捺印がなかったのは、三軒の商店からの申請書だ。ざっと八十枚ほどなのだが、記載事項は問題なく埋められているし、パッと見て不備があるとは思えない。かといって、八十枚もの書類に印を押し忘れることもないだろう。

「それね。おもに雑貨を扱う店ってことで登録されているけど、それは表向き。責任者名はどれもベルド商会の幹部が使っている変名だよ。記載されている商品も、実のところはさらってきた女の子だったり、違法な薬物だったり、どれもでたらめ。だから不許可」

「ベルド商会……！　陛下は、幹部の使う変名までご存じでいらっしゃるのですか」

「彼らはいずれ根絶やしにしなきゃいけないからね。アルバトスのためにも」

のほほんとした表情で、さらっと厳しいことをおっしゃるキリアさま。日々ご多忙を極めるのに、こんな細かいことまで熟知していらっしゃるなんて。キリアさまの視界の広さたるや、千里眼のごとくだな！

「――ま、間違いなくすべての書類に陛下の印を確認いたしました」

それこそ一枚の漏れもなく、印が滲んでいることもかすれていることも曲がっていることもない、完璧なお仕事でございました。

「そう、それはよかった」

私の手から書類の束を取り上げ、部屋の隅の机に積んで重しを置くと、陛下はうーんと伸びをなさった。そして、おもむろに私の肩に手をおかけになる。

「そういうわけで、先日の続き、どう？」

「へ、陛下――！」

今朝、きっぱりとお断り申し上げたはずなのに、この展開はいかに!?

「朝の話なら、聞かなかったことにしておくよ。近衛の仕事に支障が出るって言うなら、出ない程度にするから心配しないで。そのために夕方からずっとハンコ押しをがんばってたんだ。だから僕を労って」

「いえっ、あの、そういう問題ではなく！　そのぅ、洗濯係にもあやしまれておりまして、このままではいずれ事が明るみに……」

「シリスが？　何をあやしんでいるって？」

しまった、うっかり口を滑らせてしまった。私は、陛下の追及をかわせるだけの高等な技術を持ち合わせていないというのに。

しかし、一介の洗濯係であるシリスの名をご存じでいらっしゃるあたり、さすがでございます！

――いかん、キリアさまを賞賛するあまり、すぐに話が逸れてしまう。

とりあえず、昨日のシリスとの出来事をかいつまんで申し上げた。すると、すっかり陛下の誘導尋問にはまってしまい、薬を買いに行ったこともすべて白状する羽目になってしまう。

「わざわざ避妊薬を買いにリーグニールまで？　ああ、僕がちゃんと説明しておけばよかったね。それに、最中のこととはいえ身体を傷つけてしまった。苦労をかけて申し訳ない、ルディアンゼ姫」

キリアさまはそう言って私の手を取り、手の甲にくちづけをくださった――なんという最上級の労い！　いやいや待て待て、私が労われてどうするのだ。

しかし、疲労が払拭された代わりに貧血を起こしそうでございます。

「でも僕としては、ルディアンゼさえよければ子供ができても構わないけど？」

「じょ、冗談をおっしゃらないでください。わたくしはあくまで近衛騎士でございます。御子をもうけられるのであれば、早く正妃をおむかえになり――ひゃっ！」

話の途中で、いきなり私の身体をお姫さま抱っこするなり、陛下は執務用の重厚な椅子に腰を下ろされた。そして、私をその聖なるお膝の上に——っっ！

「だからさ、ルディアンゼが正妃になるっていうのはどう？」

「……は？」

大好きなキリア陛下に対し、はしたなくも妄想を重ねることがやめられない私でも、それは禁忌である。陛下にしては不出来な冗談だが、かといってツッコミを入れるのはさすがに不敬なので、聞き流すことにした。

「と、とにかくでございますね、わたくしは——」

しかし、陛下はそれ以上の発言を許してくださらなかった。問答無用で唇を重ねられ、そっとこじあけるように舌で唇を愛撫しはじめる。

「——だめ？　どうして？」

陛下の濃紺の瞳が容赦なく私を貫く。

そんな真摯(しんし)な瞳で見つめられては、もはや唇ひとつ動かすこともかなわない。

「ルディアンゼ姫、あなたの清らかな乙女を奪った私に、その贖罪(しょくざい)をさせてくださらないか」

完全なる空白の時間が、数十秒続く。その間、私の意識は途切れてしまっていたようだ。ええと、今はどこで何をしているのだったか。

我に返れば、心臓は耳に聞こえるほど強く鼓動を打っており、息苦しく感じはじめてきた。

（いいも悪いも、陛下が何をおっしゃっているのか、思考停止状態で私にはまったくわかりかねます……！）

　だけど、それを口にすることはできなかった。陛下の麗しいお顔を見つめていたら、再びの深いキスをされたからだ。

　キリアさまのすらりとした指が私の髪をかき乱していく。深く舌を差し込まれて、ただただキリアさまに翻弄されるしかない。

　身動きを完全に封じられたところで、軍服の上から胸に触れられた。

「いつまでこんな窮屈なものをつけて、男の真似をするつもりなの？」

「――」

　いつまで？　そんなこと考えたこともなかった。近衛騎士として許される間、未来永劫陛下のお側に仕えていられればいいと――そんなふうにしか考えたことはなくて。

　だが、熱っぽいキスで頭の芯が蝋のごとく溶け出した私に、それ以上のことは考えられそうになかった。

　胸元の釦を外し、キリアさまの手が胸を締めつけるさらしを解く。そしてあたたかな熱でそれを包むのだ。途端に胸の頂きがじんじん痺れて、先日も濡れた場所がドクンと脈打ちはじめた。――ああ、ダメだって決意したばかりなのに！

　気がつけば、歴代の国王に引き継がれてきた執務机の上に押しつけられ、陛下の舌で胸を弄られていた。

「ん――っ」

流されてはだめだ。でも、キリアさまの手が、唇が、身体が心地よくて逆らえない。押しのけようとする理性は、身体の芯からあふれ出した蜜に押し流されて、抵抗する力をなくしてしまった。

また、先日みたいに陛下に身体中を愛撫してほしくなる。

私に逃げる気がないことを察したのか、キリアさまは私の目を覗き込み、やさしく微笑まれた。

（ああ……もうだめ――）

そんなあどけなく笑われたら、抵抗なんて私にはとてもできない。もう陛下が好きすぎて、どうとでもしてくださいと叫びたくなった。

「ルディアンゼ、かわいいね」

私の身体から力が抜けたと見ると、キリアさまは私の上着を脱がせにかかる。

そのとき、ぽろりと何かがポケットから飛び出した。

「っ……!?」

小さな瓶が音を立てて机の上に転がり出たのを見て、私は顔面蒼白になった。陶酔しきっていた甘い夢から一気に現実世界に呼び戻される。

それは昨日、老薬師から渡された避妊薬だった。人に見つかるとアレなので、あとで処理しようと思っていたのだが、機会がなかったのだ。

キリアさまはその瓶を手に取り、首を傾げる。

「これは？」

「な、なんでも――た、ただの風邪薬でございますっ！」

奪い返そうと手を伸ばしたが、陛下はサッとそれをかわし、コルクを抜いて中の匂いを嗅いだ。

「シャクナとクルガ草の匂いがする。風邪薬じゃないよね。これはなあに？」

（ひぃぃ！　その意地悪なお顔は、瓶の中身が何なのか想像がついていらっしゃいますよね⁉）

国王として多方面のお勉強をされているキリアさまだが、いったいどれだけ博学なのだろう。おそらく、これ以上嘘をついても無意味に違いない。

「き、昨日、薬師から譲り受けた避妊薬でございます！　あの、その……」

「へえ。なんだ、ちゃんとルディアンゼも準備していてくれたんだ。じゃあ遠慮はいらないよね」

「違うんです――！」

陛下が中の丸薬を一粒取り出し、自らのお口に含んでから私に呑ませた――ええ、もちろん口移しで。

丸薬は、あの液体の薬と似た味がした。成分がほとんど同じだからだろう。だが、液体のものより微かに甘くて、すとんと喉の奥に落ちていく。

もちろん、それだけで終わりではなかった。そのまま黒檀の机の上に倒れ込むと、苦しくなるほどに舌を重ね合わせるキスをしながら、陛下の手が半分脱げかけていた私のズボンを剥ぎ取る。

（――ここで⁉）

ここは歴代のアルバトス国王が執務をなさってきたお部屋で、この机では国の命運にかかわるような書類のやりとりがいくつもなされたのだ。その上に押し倒されているなど、こんな背徳的なことがあっていいのだろうか。

でも、キリアさまから逃げることのほうが、私にはありえないことで――

晒け出された肌が机に触れて冷たい。一方で、その上からのしかかるキリアさまの手や吐息は熱い。

脱げかけた上着の中に手を差し込まれ、やさしく肌をなぞられた。ささやかなふくらみを甘噛みされると、ぺろりと敏感な部分を舌で巻き取られる。

「あ……っ」

さっきから疼いていた部分が、本格的に火照り出した。キリアさまが私の下着の上から指を沿わせると、そこはすっかり待ち詫びていたように蜜があふれ出ていた。私が何かを期待していたことを証明するように。

(私の底の浅い欲を陛下に知られてしまうなんて……うう、恥ずかしすぎです……！)

キリアさまの唇が私の喉元をくすぐり、そのまま舌で首筋をなぞる。胸と背中を同時に撫でられ、さらに臍の下のあたりをくすぐられると、ますます下腹部が欲にまみれた蜜で濡れる。

下着の中がびっしょり濡れているせいで、身動きするたびにぐちゅっという音がした。キリアさまにも聞こえてしまったのだろう、私から身体を離すと、『にっこり』という擬音が目に見えるほどまぶしい笑顔をくださった。

「ここは、僕が欲しいって言ってくれてるね。ルディアンゼの口より素直でかわいい」

(そ、そんなぁー！)

自らの下腹部に嫉妬するとか、もうわけがわからないけど、キリアさまのお声で「かわいい」ともう一度言われてみたい。

「今日も気持ちよくしてあげるから、よかったら最後にはちゃんと『はい』って言うんだよ？」

「そ、それは……」

キリアさまはときどき、謎かけのようなことをおっしゃるが、それを深く考える時間を与えてはくださらなかった。下着の中に指をもぐらせると、薄い布でせき止められていた蜜があふれ出して、たちまち机を汚してしまう。

（ああっ、もうなんという罰当たり！）

あまりに恐れ多いことに頭が真っ白になったが、キリアさまの指に溝をなぞられ、今度は別の意味で頭が真っ白になってしまった。

「ああああっ！　や、やあああんッ」

二日ぶりにその感触を味わったが、粘液に覆われた花唇はすでに敏感になりすぎていて、指の腹でつつかれただけで全身が疼きはじめる。己の立場も遠慮も忘れて、私は陛下の首にかじりついていた。

「ふぁっ、あっ、んんぅ……っ」

「そんなに僕が欲しかった？」

「――ぁっ、申し訳ありま……」

「謝らなくていいから。僕はルディアンゼが欲しかったよ。ルディアンゼはどうだった？」

「そんな――恐れ多くて、ぁあああっん！　や、陛下ぁ……」

キリアさまの指が割れ目の中で蠢いて、私の一番感じる場所を探しているのがわかる。でも、どこに触れられたって気持ちよすぎて、もう何がなんだかわからない。

先日も気持ちよかったけど、なんだか今日はさらに身体が熱くて――

「正直に言ってごらん？」

「ほ……」

「ん？　なあに？」

言語機能に支障を来すほど巧みなキリアさまの指づかいで、たちまち脳幹まで痺れが走る。

（そんなことされたら、言葉なんて出てきません！　感じすぎて……っ）

それとも私がただ淫乱なだけなのだろうか。

でも、キリアさまは私が涙目になって抱きつくと、うれしそうな顔をしてくださる。それが救いだ。

濡れそぼった場所をキリアさまの指が小刻みに揺らすと、それだけでくちゅくちゅと卑猥な音が鳴る。

「ほら、僕が欲しいって、言って？」

秘裂をなぞりながら、今度はキリアさまが目を細めてねだってくる。

欲しいなんて――そんなこと、言えるはずがない。でも私の口から出たのは、否定でも肯定でもない、はしたないよがり声だった。

「ぁあっ、キ、キリアさ、ま――ああっ、ひ……ああ、も――ぉっ」

濡れた敏感な蕾をぐっと押されて、一気にのぼりつめる。最初の頂きに達して、私はさらに強く陛下に抱きついてしまった。

「なんだか今日は、このあいだより感じてるね。今すぐ挿(い)れたい気分だけど、もっと甘い声が聞きたいな」

「はぁっ、はぁっ、んく……っ」

果てたばかりなのに、すぐに弄(いじ)られたら――

机の上に横にされたまま、両脚を大きく開かされた。陛下の眼前に、ひくひくと痙攣(けいれん)しているそこが晒(さら)される。見られていると思うだけで、とろりと蜜があふれ出した。

「とろとろだね」

「ふ、あっ……やぁ、っダメ――！」

またしても、陛下のお口が不浄な場所に触れる。はしたない蜜で陛下が穢(けが)れてしまいます！

「ルディアンゼの口は僕を欲しいとは言ってくれないけど、それはこっちにキスしてほしいから？」

「そ、そうでは――！　や、ちょっ……」

陛下の舌が生き物のように蠢(うごめ)きながら、粘膜をなぞって突いて、奥に挿(さ)し込まれる。身体の芯がじんじんと熱くなってくる中、蕾(つぼみ)を舌先で刺激され、身体中が強烈な快感にとらわれた。

「石鹸(せっけん)の香りがする。ここに来る前に清めてきたの？　かわいいね」

「う、陛下っ！　あぁっ、イっちゃ……」

あっさりと二度目の絶頂に呑み込まれて、ぐったりと机の上に身を投げ出してしまった。肩で大きく息をして呼吸を整えようとしていると、キリアさまが私を観察するようにじっと見つめていた。

「今日は、このあいだとちょっと違う感じだね」

「はっ、あっ、ちが、……う？」

キリアさまは仰向けになったままの私を抱きかかえ、革張りの椅子に腰を下ろした。そして、凶器のようにそそり立つ剛直の上に、私を落としたのだ。

「あ！　あ、あ、っ――」

陛下の上に対面するようにまたがった体勢で、下から突き上げられた。まだ微かに痛みが残っていたが、熱い塊がぬるりとした狭い場所を抜けて、一気に根本まで入ってしまった。

すごくきつくて、苦しい。

「少し腰を浮かしてみて。腰、細いね」

「ん……っ」

陛下の指示に従い、椅子に当たる膝に力を込めて少し浮かせる。すると、陛下はつかんでいた私の腰を落とす。ぐちゅんっと蜜がはじける淫らな音がして、陛下の分身が私の奥を抉った。

「あぁっ、っく――！」

指で弄られているときとは、まったく違う感覚。貫かれたところからじわりと熱が全身に伝播していく。

「今度はルディアンゼがやってごらん？」

「は、はぃ……」

戸惑いながらも腰を浮かして、陛下のものを呑み込むように沈ませる。膣の中を擦り上げられて、なんだか変な気分だ。

「うん、いいよ。もっと……」

「あぁっ」

腰を動かしていると、じわじわと何かがのぼりつめてくる。無意識のうちに陛下に抱きついて、腰を何度も叩きつけるように浮き沈みさせると、陛下と私のつながった場所から絶え間なくぐちぐちと音がして、だんだん気持ちよくなってきて——

「ルディアンゼ——そんなに締めつけたら……！」

陛下の整ったお顔が歪む。でも、それは苦痛のせいではなく、キリアさまも私の中で気持ちよくなってくださっているということだと、なんとなくわかった。

「んぁあっ、陛下——へいかぁ！　や、あつ——」

腰を反らして陛下の上で果てる。すると、キリアさまは私の胸の頂き(いただ)を舌で転がしながら、陛下に貫かれている泉の縁をなぞっていく。

「ああ、そこ——気持ちいい……」

どれだけ果てても、もっともっと陛下が欲しくなる。自ら求めて陛下の上で動き、そのとがった喉元や、やわらかな金髪のかかる耳に舌を這わせ、陛下のきめ細やかな肌を味わってしまった。

（なんか、ヘン。止まらない——！）

キリアさまの肌を舌で感じつつ、どんどん自分の中の何かが暴走していく気がする。

「今日は、乱れるね……っ」

キリアさまの喉元や、男らしい首筋の魅惑に抗えず、思わず唇を開いて食んでしまう。

「激し、いね、ルディアンゼ。もう、俺——限界……っ」

（俺——!?　陛下が、ご自身を俺って……）

こんなときだというのに、私の耳はまたしても陛下の素敵台詞に反応してしまった。きっと無意識のうちに、かつて使われていた一人称が飛び出してしまったのだろう。

きゅんとしたら膣がギュッと締まり、息を詰めた陛下が私の中に精を放たれた。

「はぁっ、はぁっ……」

キリアさまが息を乱して、私のあってないような胸の谷間に顔を埋められる。

「ぁあんっ、ダメ、息がかかるだけで……っ」

くすぐったい。こそばゆい。気持ちいい。陛下のものを咥えこんだまま、それでも足りずに腰を揺さぶっていた。

「ルディアンゼ……さっきの、ほんとに避妊薬？」

「え——？」

陛下は全力疾走をした後のように呼吸を乱したまま続ける。

「さっき、俺も少し舐めたけど、たぶん催淫薬——入ってる」

「さい、いんや、く？」

完全に欲情している私には、その耳慣れぬ言葉の意味がさっぱり入ってこなかった。ただ、もっと陛下のもので奥までかき混ぜてほしくて、物欲しげな顔で見上げる。

「媚薬だよ――気持ちよくなっちゃうイケナイ薬」

「そ、そんなの、私……」

フェルマー婆さん、いったい私に何をよこしたのですか！

こんなものを持ち込んだなんて、陛下になんと思われてしまうだろうか。

「ちょっと刺激が、強いね」

「す、すみません！　事前に飲む避妊薬だって、薬師が言うものですから――」

面目ないどころの話ではない。キリアさまに軽蔑されてしまったら――それだけはいやだ。一気に熱が冷めていく。

でも、陛下は少し笑うと、私の身体を浮かして中からそれを抜いた。抜かれるときのなんとも言えない感覚。気持ちいいような、肌が震えるような……。途端、膣から自身の蜜と陛下の精が混じり合ったものが流れ落ちた。

歴代の国王方が、神聖な執務をこなしてきた由緒ある椅子が、淫水に濡れて汚れていく。し、神罰がくだるのでは……

気持ちよさと恐れ多すぎる所業にガクガクする私をよそに、陛下は黒檀の冷たい机の上に私をうつぶせに押しつけた。足は床についていて、陛下にお尻が丸見えになっている。

「全然、足りない」

背後でキリアさまがぼそりとつぶやかれると、私の脚を広げて、後ろから穿った。

「く、ぅ――っ！」

机に押しつけられると、散らばった紙や羽ペン、インク瓶という日常が目に飛び込んでくる。そのせいで熱に浮かされた意識が急に現実に引き戻されて、思わず逃げ出そうと上体を起こしかけた。でも——そのまま滾った灼熱に抉られ、まるで獣のように後ろから激しく突かれてしまい、机の上に逆戻りだ。

「あっ、あぁっ、ん！　キリアさ——まっ！　擦れて……っ」

腰を打ちつけられるだけではなく、何度も絶頂を味わって硬くなった蕾を絶妙な力加減で擦られる。たちまち頭の中が沸き返り、気持ちいいのか苦しいのかもわからなくなった。もう机に突っ伏して啼くばかりで、膝にすら力が入らない状態だ。

陛下に抉られている場所から流れたものが、内股を伝って膝裏まで流れ落ちていく。

ふと顔を上げると、正面の壁には建国の父アルバトス一世陛下の肖像画が——

初代陛下に、背徳的な行為を繰り返すキリア陛下と私をじっと見下ろされているのだ。でもこの乱れ切った交わりを止めることはできなくて……

「はぁああ……あ、んっ！　んん、キリアさまっ、キリアさまぁっ」

「ルディアンゼ——俺が欲しいって、言って」

「つく、キリアさま——欲しいです！　キリアさまがっ、もっと……っあああぁ！」

きゅうっと中が縮み上がる。それに合わせて、私の中を貫き続ける塊から、熱い飛沫が注がれた。もっと欲しいと、奥が疼き続けているけど、もう身体がもたない。キリアさまも深く荒く息をついて、私の背中に覆いかぶさってくる。そして耳元に唇を寄せ、乱れた呼吸とかすれた声で囁いた。

「ルディアンゼ――結婚して」

気持ちよかったら「はい」って言うようにとのご命令――

「は――え!? だ、だめでございます！」

陛下のそのお言葉で、絶頂の余韻が残っていた私の頭から一気に血の気が引く。

「なんで」

少し、陛下の語気が強くなったような気がする。

「なんでって、キリアさま――んぁっ！」

陛下が奔流（ほんりゅう）の収まった熱塊を私の中から引き抜くと、肌がぞくりと粟立（あわだ）った。すると、またしても交わりの証拠が脚を伝って流れ落ちていく。

「ねえ、ルディアンゼ」

身体を起こされ向かい合わせにされた私は、お召し物を脱いだキリアさまの胸元に抱き寄せられた。こっ、こんな間近でキリアさまの大胸筋を拝める日がくるなんて、これは神からの祝福なのだろうか。……いやいや、悪魔の罠に違いない。うかうかと悪魔の差し出す甘い蜜を舐めるわけにはいかないのだ。

「わ、わたくしは――自分の意志でキリアさまに、身を委（ゆだ）ねました。陛下が、せ、責任をお感じになる必要は、ないのです」

きっと陛下は、私の処女を奪った責任を取らなければとお考えなのだろう。貴族社会では、女は結婚まで処女であるべしという考えが一般的だ。もちろん、建前ではあるが。

しかし、もう適齢期を過ぎた二十歳の私は、今さらお姫さまに戻ってどこかに嫁ぐこともありえないし、陛下だけにこの身を捧げて、一生――はさすがに無理だろうが、騎士としてお役に立てるあいだは、ずっと傍らでその身をお護りしたい。

「陛下のお邪魔には、なりません。ですから、わたくしのことなどお捨て置きください……」

「――そうじゃないんだけど」

「え……？」

キリアさまはもどかしそうに私にまたくちづけられ、抱き上げて執務室を歩く。

「へ、陛下……？」

国王の執務室を乱れた服装で歩くというこの非日常に、さらなる罪悪感を覚える。窓辺のソファに私を横たえると、キリアさまはふたりの身体にまとわりついていた服の残骸をすべて剥がした。

そこへ陛下がのしかかり、まだ疼き続けている芽を刺激しはじめる。ぐちゅっ、ぐちゅっと欲望にまみれた音が絶え間なく耳朶を打つ。

「んん――っ、や、もう、ほんとに――」

気持ちよすぎてつらい。このまま続けられたら、頭がおかしくなってしまいそうだ。

ぼうっとしながら目の前にあるキリアさまのやわらかな金髪に惹きよせられる。おそるおそる腕をまわせば、キリアさまの細身だけど厚みのある背中が、私のためだけに空いているのがわかる。

今だけは、私が独占しても許されるだろうか。

また子宮の奥のほうが熱くなってくる。これがその、媚薬というものの効果に違いない。もう感じ過ぎて苦痛さえ覚えているのに、身体の芯がキリアさまを欲しがっている。

「俺をこんなにさせたんだから、ルディアンゼこそ責任取って」

「……ふ、あぁっ、陛下……っ、なか、もっと――ぐちゃぐちゃにして……」

キリアさまが欲しくて、もっと奥を貫いて、内側から壊してほしくて。

理性の崩壊しつつある自分の口からどんな言葉が漏れているかもわからないまま、キリアさまに脚を絡めて腰を押しつけていた。

「俺が好きだって言ってごらん」

「ぁあんっ、キリア――キリアさまっ、す――好きです！　陛下が、大好きです……っ」

「好きなら、結婚してくれるよね」

今朝から何度も言われるそのお言葉。キリアさまは本気でそうおっしゃっているのだろうか。どんなに身分の高い方が相手でも、好きになるのは自由だと思っている。でも、結婚は違う。キリアさまの妻とは、アルバトスの王妃なのだから。

(そんな途方もないお話、いくらなんでも――無理です！)

「それ……ダメです……っ！　ぁあっ、あ、キリアさま――っ」

指でかきまぜられているだけで果てて、そこから記憶がなくなった。

――遠くに鐘の鳴る音が聞いて、ふと目が覚めた。

「……」

目を開けて視線をさまよわせると、陛下の濃紺色の瞳が思ったよりも近くにあって、あわてて身体を引く。おかげでソファからずり落ちそうになったが、陛下の手が支えてくださった。

「強情」

「――は!?」

いきなり耳元で言われて、意味がわからずに目を見開く。すると、陛下は天使のように人の心を打つ笑顔を私にお向けになった。

「まあいいや、もっとマトモなときに口説きなおすよ。少しは落ち着いた？　僕は舐めた程度だからもう抜けたけど」

「お、落ち着いたというのは……」

「媚薬。そんないいものを用意してくれてたなら、こんな場所じゃなくて、ベッドでゆっくり一晩中してあげたのに」

「あ、あれは！　く、薬師(くすし)が本当に避妊薬だと言って……」

「はは、わかったよ。まあそれはともかく、念のためにね――」

ともかくじゃないんです、本当なんです！　そう抗議しようとした私に、陛下がまた口移しで飲ませてくださったのは、あの液体の避妊薬。

その苦い薬を嚥下(えんか)したとき、私はほっとしてしまった。シャーロスが言うような、陛下は身勝手でろくでなしな男ではなかったということを再認識できたからだ。

「じゃ、この薬は僕が預かっておくよ。次はベッドでね」

手にした薬瓶を弄(もてあそ)びながら、陛下は私の胸にちゅっとくちづけを落とす。

「ありがとうございま……ではなく！　キリアさま、あの、もうこんなことは……」

ダメだダメだと言いつつ、その場の空気に流されてしまう私の意志の弱さがいけないのだが、早いうちにやめておかなければ。二度目にして、これだけ快楽に慣らされてしまっていては、この先どうなってしまうのか。

「なんで？　でも、ちょっと期待してたんでしょ？」

「それは――っ、その……」

否定すればするほど、見苦しいことになってしまう。媚薬だろうと避妊薬だろうと、それを持っていた事実――つまり陛下とこういうことになるかもしれないと考えていたことに変わりはない。陛下に指摘されたように、ここへ来る前に入念に身体を洗ってきた。期待していたと思われても仕方がない。

（だって、汗臭いままで陛下とふたりきりなんて……っ）

「とにかく、そろそろ宿舎へお帰り。もう遅いし、いつまでも帰らないと、またラグフェスに勘繰(かんぐ)られるから」

その言葉で、私は隊長の刃(やいば)のような鋭いまなざしを思い浮かべた。一瞬にして甘い余韻が雲散霧消(うんさんむしょう)し、自然と背筋が伸びる。さっき聞こえた鐘は日付が変わったことを知らせるものだから、数刻は陛下と抱き合ってソファで眠っていたようだ。

この、事が終わってあわてて身支度をしているときの間抜けさ加減といったら。もう少し陛下に寄り添って眠っていたいと身体が訴えているが、そんなことができるわけがない。何を甘ったれたことを考えているのだろう、私は。

あちこちを汚してしまった後始末をと思ったけれど、陛下が「いいよ」とおっしゃって私を執務室から送り出してくださった。ああ、陛下に後始末をさせるなんて、申し訳ないやら恥ずかしいやら。

歩くたび、月のもののときのように、自分の意志ではどうにもならないものが流れ出て行く感覚がある。その正体に思い至ると頬が紅潮してしまう。

ああ、それにしても。またしても罪深いことをしてしまった。

己(おのれ)の所業を思い出すと――だめだ、顔中の筋肉が弛緩してにやけてしまう。きっと私は、地獄に落ちても懲(こ)りない類(たぐい)の人間なのだろう。

執務室を出て、このフロアの出入り口である扉をそっと開く。そこにいたのは、今日の夜勤担当であるアウレスだった。

「こんな深夜までご苦労だったな、ルディアス。陛下はもう執務を終えられたのか？」

一番付き合いの深いアウレスに何の疑いもない目で見られて、私は恥じ入るあまりにまともに彼の目を見ることもできなかった。

「は、はい！　陛下もじきに出られるので、居室までお送りしてさしあげて……ください」

いかん、狼狽(ろうばい)しすぎて乙女のような声が出てはいなかっただろうか。だがアウレスはとくにあやしむ様子もなく、最敬礼で私を見送ってくれた。

……計り知れない罪悪感が押し寄せてきて、もはやため息しか出ない。

＊　＊　＊

翌日。雲ひとつなく抜けるような青空が広がっているが、それに相反して私の心の中は大嵐である。

思い返すたびに、頭を抱えて床の上を転げまわりたくなる。神聖な国王の執務室で、媚薬などという不道徳なものを使って事に及んだなんて。

ここに集(つど)っている近衛騎士たちに顔向けできない。陛下をお護りする立場にありながら、欲に溺れて自分を見失っているとしか……

「ナルサーク！　朝っぱらからなんだ、その張りのない顔は。近頃、たるんでいるのではないか」

「申し訳ございません――！」

鋭いラグフェス隊長の指摘に反論もできない。まったくその通りすぎて、泣きそう。

今朝の稽古(けいこ)では、総当たり稽古(げいこ)で剣を取り落とすという、まったくもって考えられない失態を犯したのである。これが戦場だったら即死だ。

隊長は、ビシッと整列した近衛騎士たちに言った。

「ドルザック大使団が帰国され、しばらくは国家的な行事が少ない。そこで、三班に分かれて交代で一週間の休暇に入る」

普段はまとまった休暇が取れないので、近衛隊のお堅い面子(メンツ)も大喜びする時期だ。が、今の私にはその喜びも感じられず、隊長の説明もまったく頭に入ってこない。

「――以上、持ち場につけ」

解散の号令とともに、各々持ち場につく。私の持ち場は、当然、キリアさまのご寝所なのだが、足に根が生えてしまったようにまったく動けない。

「どうした、ルディアス。最近、調子が悪そうだな」

ラグフェス隊長に叱咤されてヘコんでいる私を見かねてか、ロクシアン副隊長が声をかけてくれた。すると、側にいたカイドンが意地悪く笑う。

「先日、筆おろしをしてきたそうですが、それが相当ショックだったようですよ」

「ついに陛下の随行に呼ばれたのか。まあ、おまえは堅物そうだからな、初めての衝撃もわからなくはないが……そうか、ついに筆おろしか。いや、めでたい」

ええ、副隊長まで!? しかも、いつから近衛騎士は朝から下世話な会話をする集団になったのだろう。陛下、いったい近衛隊をどのような集団に改革なさるおつもりなのですか。

だが、一番風紀を乱しているのは自分だということに気づき、さらにヘコんだ。

「だ、大丈夫です。それでは、自分はこれで――」

私はさらなるショックを受けつつ、その場から逃げるように立ち去った。そのままふらつく脚を叱咤しながら歩いていると、王城の庭園で隊長と出くわしてしまう。

「隊長――」

「そんな様子で近衛が務まるのか。配置転換も視野に入れておけ。場合によっては陛下に所属を変えるよう進言するぞ」

（近衛隊、クビですか⁉　そ、それだけは……！）

でも、そうされても仕方がないことをやらかしてしまったのだ、まともに顔を上げることすらできない。

隊長はそんな私を鋭い目でじろりと一瞥すると、踵を返して早足で立ち去った。

居たたまれなすぎる気持ちを抑え、なんとか陛下のお部屋へ向かうと、侍女のミミティアが出迎えてくれた。

いつも思うのだが、小柄でかわいらしい彼女を見れば見るほど、自分は本当に無骨な存在だと再認識する。陛下は何を思って、こんな大女を抱かれたのだろうか。

「おはようございます、ルディアスさま」

「や、あ。おはよう、ミミティア」

いつもの挨拶の光景。私もなるべくいつも通り振る舞おうとしたのだが、やはりぎこちなくなるらしい。私の顔を見るミミティアの表情が曇った。

「ルディアスさま、ここ数日お顔の色がすぐれません。まだ本調子ではないのですか？」

「い、いや。私はすこぶる元気ですよ」

意識して明るい声で答えると、ミミティアはまたうつむき加減になって頬を染めた。そしてふと辺りを見回し、人の気配がないのを確認してから、小声で言う。

「やはり、ラグフェス隊長のことが……？」

……彼女が何を言わんとしているのか、今ひとつわからない。

「何のことですか？」

そう問えば、彼女は両手を握り合わせ、私の目をまっすぐ見つめた。

「私、ルディアスさまを応援しています……っ！　どうか、隊長さまが相手だからといって、決して陛下を諦めないでください！」

「な、ななな何を言ってるのですか、ミミティア!?」

この子、何を知っているのだ！　陛下を諦めないでとか、私を応援だとか……まさか、やはり何もかもバレて——!?

「このことはミミティアの胸にしまっておきますから、ご心配なさらないで。決して、誰にも言いませんわ。たとえ陛下とルディアスさまが衆道のご関係で、それを隊長さまに妨害されているのだとしても、陛下はルディアスさまのことを愛していらっしゃいますわっ。ええ、きっと！　昨晩、執務室でお仕事をされていたおふたりを見ていて、私、確信いたしましたもの！」

「は、はあ!?　しゅ、衆道の関係——って、ちょ……っ」

衆道、つまり男色ということか。ミミティアの中では、私と陛下と隊長の男三人が三角関係になっているわけで——って、それ、違う！

訂正しようとしたとき、廊下の向こうから近侍たちがぞろぞろやってきた。これ以上話ができないと察したミミティアは、私にウインクをよこして、足取りも軽やかに立ち去ってしまったのだが……その後ろ姿から、「きゃあああ」と彼女が黄色い悲鳴を上げているのがわかる。

(こ、ここにも変な乙女がイタ――!)

しかし、どうしたら私が陛下と衆道の関係など――いや、彼女の思い込んでいる「男同士」が「男と女」に変わっただけで、あながち彼女の認識は間違っていない。道ならぬ関係、というのも合っているし……

ただ「隊長が妨害」というくだりは正確ではない。隊長はごくまっとうに私をたしなめてくださった。あの高潔な近衛騎士隊長は、部下が国王陛下とただれた関係を築いていることを良しとはなさらないだろう。

「ああ……」

ため息しか出ない。そして、これから陛下と顔を合わせるのも気まずい。ひと気のない廊下でひとしきり頭をかきむしってから、私は鉛のように重い足取りで陛下のお部屋の前に立った。

「キリア陛下、おはようございます。近衛騎士ナルサーク、参りました」

お部屋をノックしていつも通り中に入る。

つい数時間前、キリアさまとアレやコレをしてしまったことがふと頭に浮かび、ふたたび泣きそうになった。だが、今は職務中だ。あれらはすべて私事なので、今は棚に高く高く放り上げておくことにした。

「おはようございます、キリアさま」

昨日はラグフェス隊長に叱責されて、早くからご起床なさっていたキリア陛下だが、今朝はいかがだろうか。おそるおそる室内へと入ると、キリアさまは巨大な寝台でまだ眠っていらっしゃった。

「陛下……」

これでこそいつもの光景である。ホッとしながらも、どこか罪悪感のようなものを覚えつつベッドに近づいた。そして、毎回のごとく陛下の肌掛けを手に取る。

「起きてください、朝でございます！」

ベッドにうずもれているキリアさま、かわいい。シーツの上に広がった金髪や、閉ざされた目元の長い睫毛（まつげ）、色っぽく艶（つや）めいた半開きの唇に目が釘づけだ。あの唇が、私の身体中に触れて――

（うわあっ、うわあっ、ヤダ恥ずかしい！）

いつもなら、ここで陛下の愛らしさをたっぷり堪能するところなのだが、これはもう妄想ではないのだ。

（……キリアさまのお戯（たわむ）れを本気にしてはだめだ！）

むしろ、私のような女が相手で、陛下をお慰（なぐさ）めする役に立つのだろうかという疑問すらある。

キリアさまは処女を奪ったことで責任をお感じになっておられるようだが、私のことでキリアさまを煩（わずら）わせるわけにはいかない。むしろ初めてがキリアさまだったなんて名誉すぎて、ぜひ墓までこの喜びを持っていきたいほどだ。もっとも、後ろめたさももれなく付随してくるわけだ。

いつもなら思いっきりひっぱる肌掛けを、今日は握りしめたまま、陛下のお寝顔に見入ってしまった。

すると突然、肌掛けをひっぱられ、ぼうっとしていた私は前方につんのめった。

「わ――」

そのままベッドの上に膝をついて乗り上げてしまう。

「おはよ、ルディアンゼ」

あわてて顔を上げると、すぐ目の前にキリア陛下の麗しくも美しいお顔が。あまりに近すぎて驚くことさえ忘れ、呆然とする。

「よく眠れた？　朝までルディアンゼを抱いて寝られないのが残念だよ」

「きゃあっ」

頬にキスをされ、私は喜びよりも仰天して思いっきり後方に下がった。おかげでベッドの端から床に落下し、背中をしたたかに打ち付ける始末だ。

「……大丈夫かい？」

私の大げさすぎるリアクションに陛下は目を丸くし、ベッドから下りて助け起こしてくださった。

「も、申し訳ございません――」

うう、心臓がものすごくバクバクいっている。そして、陛下に触れられることが恥ずかしくてたまらず、思わず涙目になってしまった。

いったい、どうしたというのだろう……大好きなキリアさまに触れられてトキメクのはいつものことだが、なぜ殿方とお話ししたこともない小娘のような反応をしてしまうのか。

「どうしたの？　そんなに脅かしたつもりじゃなかったんだけど」

「な、なんともありません！　へ、陛下、今朝はずいぶんお早いですね」

これまで、ベッドから引き剥がすだけでも三十分から小一時間はかかっていたというのに。これでは私の出番がなくなってしまう。

「いやあ、ラグフェスのおっかない目が光ってると思うとね……」

陛下も隊長のあの鋭い視線には弱いのだろう。これではどちらが国王なのか、わかったものではない。

「ほら、立てる？」

恐れ多くも陛下の御手をお借りすると、私はよろめきつつも立ち上がった。

「失礼いたしました。今朝はどちらで朝食をとられますか？」

心を通常モードに強引に切り替えて陛下に問いかけると、キリアさまが私の顔を見てうなずかれた。

「ここでとるよ。ミミティアを呼んで」

「かしこまりました」

ミミティアを呼んでくると、すでに着替えをすまされていた陛下は彼女にこう命じた。

「朝食は余の部屋で。ふたり分の用意を頼む」

「かしこまりました」

なぜふたり分、という疑問が湧く。おそらくミミティアもだろうが、よくできた彼女は問い返すこともなく、頭を下げる。ちゃんと己が分をわきまえている証拠だろう。まだ若いのに大したものである。

ミミティアは部屋を去り際、私のほうをちらりと見ると、笑顔で拳を固めてみせた。「がんばって」とでも言っているかのようである。

いやもう、大いなる誤解なのだが……それを訂正する機会は、今後私に与えられるのであろうか。

今日はとりたてて大きな予定もなく、短い謁見（えっけん）や嘆願書の処理といった日常業務のみなので、略式の服装で構わないはずだ。しかし、今朝の陛下はきちっと喉元まで詰襟で隠し、他国の要人と会談でも行うような正装をなさっている。何か、私の知らない予定でも入ったのだろうか。

それにしても、いつも寝室でお見せになるぽやっとした愛くるしいお顔はどこへやら、陛下はキリリと顔を引き締め、完全によそ行きモードだ。凛々（りり）しい陛下のお姿を間近で拝見できて、私が内心で狂喜しているのは言わずもがなである。

天然天使のキリアさまと、一国の主たる頼もしいお姿のキリアさまとの、このギャップがたまらんのです。

部屋に戻ってきたミミティアが、手早くふたり分の食事を用意する。それが終わると、陛下は「あとは余がやるから下がってよい」と言って、彼女を下がらせてしまった。

「キリアさま、今朝はお客様がお見えになるのですか？」

「うん、そうなんだ。――さあ、ルディアンゼ姫。おかけください」

そうおっしゃって陛下は椅子を引いた。

（は？　どういうこと――？）

「近衛騎士のナルサーク君には扉の外で待っていてもらうから、気兼ねはいらないよ、ルディアンゼ姫」

「へ、陛下⁉」

その言葉の意味が、寝不足と大後悔と羞恥に打ちのめされていた私には、瞬時に理解できなかった。

「ほら、早く座って。紅茶が冷めるよ」

「あの、わ、わたくしが？」

この朝食は、陛下と私の分ということで……？

「キリア、さま。わたくしは、その、勤務中でございまして……」

こんなこと、ラグフェス隊長のお耳にでも入ったら、本当にクビになってしまう。まだ一日が始まったばかりだというのに、いやな汗をたくさんかいている気がする。

「国王命令だよ」

「はっ、かしこまりました……！」

これはもう、条件反射というやつだろう。

隊長は恐ろしいが、国王陛下のご命令は絶対だ。腹をくくって最敬礼しつつ、恐れ多くも陛下が引いてくださった椅子に腰を下ろした。

「相変わらず、軍隊式だなあ。――それで、ルディアンゼ姫に折り入って話があるんだけど」

な、なんだろう。まさか今朝、隊長がおっしゃっていたように、近衛隊をクビ、とか――

死刑宣告を待つ囚人のごとく青ざめていると、陛下が差し向かいに腰を下ろされ、やさしく微笑まれた。

（なんてさわやかな笑顔……！　なんかもう、死刑でもいい気がしてきました！）

こんな笑顔をいったい全体、私のような粗忽者がひとりで享受してもよいものだろうか。

そう悶絶死を覚悟した私に、陛下はおっしゃった。

「ルディアンゼ姫、余と結婚してくれないだろうか」

（陛下のお言葉であれば、油の煮えたぎる鍋の中にだって入ってみせます！）

はい！　とうなずきかけた瞬間、陛下のお言葉の意味が脳に伝わった。

そして、完全に私の時は止まる――表情筋ひとつ動かず、口も開かない。

「ルディアンゼ姫、聞こえてる？」

「――――」

聞こえてはいるのですが……金縛りに襲われているのです。身動きが取れん……っ、いったい何が起きているというのだ。

「大丈夫？　呼吸が止まってるけど……」

陛下の御手が私の頬に触れると、魔法が解けたかのように肺が動き出した。強張った表情筋も動きを取り戻す。

「……ぷはっ」

大きく深呼吸をして死の淵から生還すると、不敬とは思いつつキリアさまの濃紺の空色の瞳を見つめた。

「えええええ――!?」

「驚くの遅いよ。その反応は昨晩欲しかったね」

私のリアクション、半日遅れですか⁉　え、だって——昨晩のは……

「キッ、キリア陛下っ！　冗談にもほどがございます！」

「冗談でこんなこと言うものか」

結婚って、結婚って——つまり結婚ということですよね⁉

混乱しすぎて、理路整然とした考えができなくなっている。

「とんでもないことでございます、陛下！　わ、わたくしのことなどお捨て置きください。わたくしは魂から陛下に忠実な臣下でございます。その……処女を陛下に捧げましたのも、すべて自身の判断によるもの。望外の幸福にございますれば、本当に責任などお感じにならないでいただきたいのです！」

キリアさまが誰にでもやさしい御方であることはよくわかっている。何も見返りなど求めてはいないし——見返りならもう、お側で山ほど、毎日いただいているのだから。

「あのね、話の前提が違うんだよ、ルディアンゼ。別に処女を頂戴したから、責任取って結婚しようと言ってるわけじゃない。いや、順番を違えたのは僕のミスだけど、男で通している君にいきなり求婚したらヘンだし、どうしようか悩んでいたところで、あの朝の君があまりにもかわいかったからつい……」

「——」

あ、今度は脳が完全停止してしまった。現実離れしすぎた陛下のお話は、私の処理能力を大幅に超えてしまったのだ。

「――余の求婚について、一考していただくわけにはいかぬだろうか、ルディアンゼ姫」

口調を改め、真剣な眼差しで陛下は私を射抜く。

なんだか、心臓にとどめの一撃を喰らったような気分だ。うろたえた私は、たぶん半泣きになっていたのだろう。陛下のお顔がたちまち曇ってしまう。

「……陛下、無体でございます。陛下の妻とは、このアルバトスの王妃にございます。わたくしにそのような大役が務まるはずもございません。そもそも、こんな無骨でがさつな大女など陛下の隣に立つ資格も――」

「ルディアンゼ姫は無骨でもがさつでもない、美しい妙齢の女性だ。余も最初から国王であったわけではない。ルディアンゼ姫が王妃の大任を引き受けてくださるのなら、ひとりで悩ませることなどせず、すべてを分かち合う。神にかけて誓おう」

ここまで陛下に――男の人に言われて断るなんてどうかしている。だが、騎士としての自信はあるが、女としての自信はまったくなかった。

何より、女に見えるかどうかという根本的な問題もある。

「陛下のお気持ちはうれしいのですが……わたくしがドレスなど着たら、笑いものです……。陛下、わたくしはここでは男なのです！」

その訴えはもはや悲鳴に近かった。そもそも女を近衛隊に入れていたことが明らかになれば、大問題に発展してしまう。下手をしたら、陛下の名に傷がつきかねない。巻き起こるであろう騒動を思うだけで、血の気が引いた。

突然のことに動揺してつい口走ってしまったが、国王陛下からのお言葉を拒絶してしまったことに気づき、青ざめる。だが、陛下は濃紺の瞳を一瞬細めただけで、お怒りにはならなかった。

「余はそうは思わぬが……そうだな、確かに性急に事を運びすぎたかもしれぬ。では、順序立てて行うことにしようか」

ニコリ、いやニヤリに近い笑みを口元にお浮かべになった陛下は、堅苦しい口調を改め、気さくな様子でおっしゃった。

「来週から近衛隊は休暇に入るんだったよね。ルディアスの帰郷の予定は？」

「あ、いえ――とくには」

いきなり騎士ルディアスに話を振られてあわててしまったが、さっきよりはよほど地に足の着いた話題だったので、すぐに平常心を取り戻す。

さっきのお話はうやむやのままだが、いいのだろうか。でも、自分から蒸し返す勇気はなかった。

「何年も帰ってないんじゃない？」

「さようで、ございますが……」

騎士に叙任されて以来六年、私は一度も故郷のナルサーク村へ帰ったことがなかった。

故郷に戻れば私が女だということを覚えている者もいるだろう。ルディアスがルディアンゼだという話が宮廷にまで伝わってしまったら……そう思うと、故郷には帰りづらいのだ。

そんなことを考えていると、キリアさまは笑顔のまま続ける。

「そう。じゃあ、今年はぜひ帰郷するように。わかったね？」

「は？」

騎士を続けられるかどうかという瀬戸際なのに、故郷へ帰れだなんて陛下は私にどうしろというのだろう……？

その真意がわかるのは、もう少し後のことだった。

＊＊＊

リーグニールのとある豪邸の一室で、何人もの男が集まる中、差し戻された申請書の束が引き裂かれた。床の上に散らばったそれらを、憤怒の形相の男が踏みつける。

彼を取り囲む男たちは、怒りの矛先がこちらに向かないよう、息をひそめてうなだれた。

「クソッ、忌々しい国王め！　次々と我らの計画を……！」

ベルド商会の会長ルシナー・ベルドは、古くからこのリーグニールを牛耳ってきた闇商人だ。しかし、先年に布告された国王の施策によりじわじわと縄張りを奪われ、組織は先細りの一途をたどっている。

このままでは組織が維持できなくなる。手をこまねいていれば、ベルド商会は国王の施策によってアルバトス国内から駆逐されてしまうだろう。

生き残るには、ドルザック王国への勢力拡大を見据えなければならない。そのために、これまで国内の闇取引で目こぼしをしてくれていたアルバトス貴族に協力を仰ぐべく、彼らと談合の場を設けていたのだ。

だが、その重要な商談を、国王本人に邪魔立てされたのである。

偶然を装ってはいたが、あの日あの場所にお忍びでフラフラと現れた国王が、たまたまベルド商会一行と行き会ったなど誰が信じるだろうか。どこにいようと国王の目が光っているのだと暗に示して、牽制してきたのだ。

「国王のおかげで、ベルド商会とのつながりを躊躇するアルバトス貴族が増えてきていますね」

ソファの正面に座した青年は、怒り心頭のベルド会長とは対照的に、涼やかな顔で酒杯を傾けた。

アルバトス国の宮廷内にベルド商会と通じる一派が存在する。ベルド商会は流通保安官を買収し、アルバトス国内のみならず近隣諸国での裏取引を黙認させてきた。しかし、先日来の国王の改革以降、彼らも国王を警戒し、ベルド商会との取引を控えている。

さらに、あの騒ぎのせいで貴族どもは国王の監視の目を恐れ、ベルド商会との接触を拒むようになってしまったのだ。

「アルバトスで息の根を止められるのは、もはや時間の問題ではありませんか、ベルド会長。この一年、どれほどの計画をあの男に阻止されてきたのです？　このままではいずれベルド商会は資金力を失い、解散を余儀なくされるでしょう」

ベルド商会会長の怒る様を眺め、青年がうすく笑った。

「青二才め――」

ベルド会長の吐き捨てるような台詞が、アルバトス国王に向けられたものなのか、目の前で笑う青年に向けられたものなのかは判然としなかった。

「国王はベルド商会以外にも、リーグニールの各闇組織を追いつめています。この勢いを止めるには、国王を潰すしか方法はないのではないのですか？　お手伝いしますよ」

「アルバトス国王を倒すというのか？」

「手をこまねいているうちに、食い詰めた末端連中が会長を逆恨みしたあげく、謀反を起こすかもしれませんよ。しかし、国王さえいなければ、世継ぎも後継者もいないアルバトス宮廷は必ず混乱に陥ります」

「言いたいことはわかるが……きさまとてアルバトス貴族の端くれだろう。そんな事態になったとして、どんな得があるというのか」

「他の貴族が及び腰になっているのであれば、私が主導するまでのこと。あなたが躊躇するのであれば、この私ユールズ・ユア・ハイネスが国王の首を取りましょう。いかがですか？　あなたの役にも立たない護衛より、はるかに優秀ですよ」

彼は不敵に笑うと、一枚の羊皮紙をベルド商会の会長に差し出した。それを受け取った男は、ざっと文面に目を走らせ、青年の顔をまじまじと見つめる。

「本物なのか」

「もちろんですよ、会長。この手紙があれば、国王のもとへたどりつくのもたやすいこと。何しろ国王自らがばらまいた、王宮への招待状ですからね――」

第三章　夜会の騒乱

陛下の衝撃の求婚から一週間が経った。以来、返事を求められることも、もちろん寝所に来るよう求められることも一切なく、近衛隊の休暇に突入する。

この一週間、隊長に睨まれながら悶々と過ごしたものの、陛下のご命令とあれば断ることもできずに帰郷する運びとなったわけだ。

おかげでこの一週間の記憶があまりない。何をどう考えればいいのか、頭がまったく働かなかったのだ。あまりの大事で、ひとりで判断することができないのだが、いったい全体こんなこと、誰に相談すればよいというのだ。

こんなに頭を悩ませたのは、生まれて初めてかもしれない。

私はため息をつきつつ、官舎まで迎えにやってきた馬車に乗り込んだ。箱馬車内は人目がないので、遠慮なくどんよりした顔で揺れに身を任せる。

（キリアさまのことはお慕いしているけど、それとこれとは話が別だし、そもそも私が王妃――なんの冗談だろう！）

考えれば考えるほど、五里霧中である。

苦悩の中でふと窓の外を見ると、馬車は街道とは明らかに異なる路地を走っていた。

「――どこに向かってるんだ？」

リーグニールの地理には明るくない私でも、街道へ抜ける道くらいは知っている。こんな閑静な住宅街を通り抜ける道はない。

何者かの企み（たくら）かと疑いもしたが、城内に出入りできる馬車は厳しく身元を確認されているし、そもそも私を謀略にかける意味などないだろう。近衛騎士といっても、実のところ何の権限も持ち合わせない一介の護衛にすぎないのだから。

御者（ぎょしゃ）を問い詰めようと窓に手をかけたときだ。馬車は速度を緩め（ゆる）、一軒の邸（やしき）の前で停車した。

「到着いたしましたよ」

御者（ぎょしゃ）が馬車の扉を開けて、降りるように促し（うなが）てくる。

「あの、御者（ぎょしゃ）どの。ここはどこですか？」

目の前の邸（やしき）は、こぢんまりとはしていたが、二階建てのずいぶん立派な造りをしていた。貴族の別邸のようにも見える。

「ここへルディアスどのをお連れするようにとのご命令だったのです……あの、今さらで失礼ですが、ルディアス・ユア・ナルサークさまでお間違いございませんよね？」

雇われ御者（ぎょしゃ）はそう言って、書面を私に提示した。確認すると、今日の日付で私をこの『ファナゼン邸』へ連れていく、という依頼内容だった。もちろん、城門をくぐる際に必要な管理官のサインつきだ。

御者（ぎょしゃ）は「とにかくここで間違いないから」と言い、私を馬車から降ろして去ってしまった。ぽかーん、である。

門の前に置き去りにされた私は、手荷物を持って呆然と邸を見上げた。リーグニールに知り合いなどいないし、ここに誰が住んでいるのかも知らない。もちろん、『ファナゼン』という家名にも心当たりはなかった。

ひたすら困惑して立ち尽くしていると、門の向こうで玄関扉が大きく開かれた。中から出てきたのは、恰幅のよい中年の女性だ。私を見ると破顔して、坂になっている門への道を文字通り転がるように走ってきた。

「ルディアンゼさまでいらっしゃいますね！　まあ、ようこそおいでくださいました。はじめまして、この邸をお預かりしておりますトエルシア・ユア・ファナゼンと申します。キリアさまよりお話はうかがっておりますわ」

「え……」

ファナゼン夫人はにこにことやさしい笑顔で私の荷物を持つ。

(私、陛下から何のお話もうかがっておりませんが！)

しかしおかげで、私の中で渦巻いていた疑問符は即座に雲散霧消した。考えてみれば、私に帰郷するよう命じられた際、陛下はニヤリ笑いをされていなかっただろうか。すべて、キリア陛下の思惑通りというわけか……

「は、はじめまして、ファナゼン夫人。あの……ここは、陛下に縁のあるお邸なのですか？」

「ええ、さようでございます。ご幼少のみぎり、キリアさまにはこちらの邸に長いあいだご滞在いただきましたの。わたくしはキリアさまの乳母でございました」

なんと、キリアさまの乳母どのとは。幼少期のキリアさまはさぞ天使であられたことだろうな！

そのお姿を想像して思わず頰を緩めてしまったが、それどころではない。

「ファナゼン夫人、私はなぜここへ――」

相手からするとおかしな質問だろうが、夫人は不審がることもなく、笑顔のまま答えてくれた。

「陛下より、ルディアンゼさまにはしばらくこちらでお過ごしいただくよう、固く仰せつかっていますのよ。まあ、それにしても凛々しくていらして、本当に殿方のようですのね！」

夫人に悪気なくそう言われると、男の格好をしている自分がなんだか滑稽に思えてくる。しかも、キリアさま以外の方からルディアンゼと呼ばれることがないため、不思議な気分がしてきた。ルディアスとしての自分がどこかへ行ってしまったみたいだ。

「さあ、こんなところで立ち話もなんですから、中へどうぞ。ルディアンゼさまがおいでになるのを、とっても心待ちにしておりましたのよ！」

朗らかな女性だ。さぞ幼い頃のキリアさまは猫可愛がりされたことだろう。このご夫人は、私室にいらっしゃるときのぽやっとした陛下と、どこか雰囲気が似ていた。

「し、しかし……」

「そうそうキリアさまより、『ご実家には戻らない旨は連絡ずみだから心配無用』とのお言伝が」

（……用意周到すぎます……っ）

夫人からは、邸の二階にある明るく落ち着いた一室を与えられる。ひとまず荷物を置くと、次は応接室へ案内された。

ソファに落ち着いてミルクをたっぷりいれた紅茶をいただきながら、緑のあふれる庭を眺めて夫人に尋ねる。

「ファナゼン夫人、陛下はよくこちらへ来られるのですか？」

私が陛下の近衛を務めるようになって三年が経つが、ここへ来たことは一度もない。自分が陛下の護衛を担当していなくても、陛下がお寄りになる主だった場所は近衛隊で共有している。――例の、妓館をのぞけば。

私の問いに、夫人は大げさに肩をすくめて答えた。

「いいえ、最後にこちらへいらしたのは、即位される直前でございましたから、もう六、七年はご無沙汰ですわ。私のほうから、キリア坊ちゃま――いえ、陛下のお誕生日やら舞踏会のご招待をいただいておうかがいすることはございますが」

キリア坊ちゃま……なんだかよくわからないけど、心躍るステキな響きだ。

「聞けばルディアンゼさまは、もう何年も故郷へ帰られていないのだとか。ここを我が家と思って寛いでくださいましね」

「あ、ありがとうございます」

とはいうものの、本当になぜ私はここへ呼ばれたのだろう。休暇が終わるまで滞在するべきなのか？

大した予定もない私には、一週間もの休暇は実に手持ち無沙汰なので、ちょうどよくはあるのだが……故郷にも帰りづらい身だということを察し、キリアさまがこちらのお宅に招待してくださったのだろうか。それならなぜ一度は故郷へ帰れとおっしゃったのかは疑問だが、キリアさまのことだ。何かとんでもない深慮遠謀(しんりょえんぼう)を張り巡らせていらっしゃるような……

だが、私ごときが聡明な陛下のお考えを計り知ることなどできるわけもない。ならばここはもういっそ開き直り、読書でもするか、陛下のご幼少期を想ってこの邸(やしき)を散策するか——後者はかなりおいしい。

夫人のご主人はもう身罷(みまか)られたとかで、ここは夫人と、家令の老夫妻の三人住まいだそうだ。一緒にお茶をいただきながらいろいろな世間話をする。

「——キリア坊ちゃまは十代で即位なさって、必死に国王たらんと努力してこられたでしょう。そのせいか羽を伸ばすことをご存じないし、浮いた噂ひとつ流れてこないので、本当に心配していたのですよ」

(ご心配なさらなくとも、陛下は充分に羽を伸ばしていらっしゃるようでございますよ！)

そう心の中で突っ込む私に、先ほどまで嘆いていた夫人は茶器を置いて向き直る。そして、私の両手をぎゅっと握りしめた。

「それがまあ、いつの間にこんな素敵なお嬢さんを見つけてこられて」

「えっ、いえ——私は……」

「生きているうちに、我が子のように可愛がっていた坊ちゃまの奥様にお目にかかれるなんて……

本当に夢のようですわ」

そう目を潤ませる夫人は、見たところまだ四十代半ばほどで、とても健康そうに見える。

「さあ、今夜のお食事はお客様のために腕によりをかけますからね！　邸の中は好きに回っていただいてけっこうですよ。ゆっくりしていらしてください」

ファナゼン夫人が元気よく部屋を退出する。ひとり取り残された私は、とりあえずバルコニーに出て椅子に腰を下ろした。小鳥のさえずりがはっきり聞こえるほど静かな場所だ。

ふと青い空を見上げる。この晴れた空とは裏腹に、私の心は曇りっぱなしである。

夫人のあの物言いから、キリアさまが私のことをどう説明しているのかなんとなくわかった。だが、私は未だに陛下からの結婚のお申し出について答えを出せていない。もしやこの静かな邸で、よく考えてみろということなのだろうか。

（……キリアさまの妻、か）

毎日、同じベッドで眠れて、お寝顔も見放題、ステキに細身な筋肉も触り放題。うう、そこだけ切り取ると、とてつもなく魅力的……！

だけど、キリアさまと結婚したら、アルバトス王国の王妃になる。騎士の身分だとか、男のふりをしているとか、そういう問題が仮に解決したとしても、この重責はどうにもならない。

王妃さまは、国王不在の際には王に成り代わって国を動かしていくのだ。外交でも重要な存在で、何より人々の憧れの的になるような人物でなければならない。

私が政治？　外交？　人々の憧れ？

――ないない!!

たとえば先の王妃陛下、つまり夭逝されたキリアさまのお母上は、他国の由緒ある公爵家のご出身で、アルバトス王立大学を首席で卒業するほどの才媛であられたという。しかも、社交の場ではいつも王妃陛下の周囲に人が集まり、美貌や人格も申し分なかったらしい。

何より、それはそれはおしゃれな方で、アルバトスのファッションリーダーでいらしたと聞く。王妃陛下のお召しになったものは宮廷内外であっという間に流行となったし、髪型を真似する女子は続出するし、何かにつけて話題の中心だったのだそうだ。

そんな人々の羨望の的だった王妃陛下の後釜に私がつくだなんて、あまりにありえない話だ。悪い冗談にもほどがある。

そうだ、陛下にも再度進言しなくては。現実的な問題点を突き詰めていけば、きっと思い直してくださるに違いない。

ひとまずそう結論づけると、少しだけ気が楽になった。

夜になり、夕食の前に着替えをと言われ、部屋の衣装棚を見た私は、一瞬で言葉を失った。そこにはひらひらレースの色あざやかなドレスが、ずらりと並んでいたのだ。

「ファナゼン夫人、これはなんですか！」

悲鳴を上げる私に、夫人はにこやかにおっしゃった。

「キリア坊ちゃまが、滞在中のお着替えにとお届けくださったものですわ。どれもルディアンゼさまのためにご用意されたものですから、お似合いになると思いますよ」

キリアさまの策謀によるものだったのですか！　こ、この私に、ドレスを着ろとおっしゃるなんて、なんとご無体な！

自慢ではないが子供の頃から男の服装で過ごしてきたので、ドレスを着た記憶などない。スカートですら、先日リーグニールを走り回った時に着たあれが唯一の記憶だ。ついでにその後に起きた媚薬事件を同時に思い出してしまい、ひとしきり悶絶してしまったが、それはさておき――陛下はもしや、ここで私を女子化するおつもりなのだろうか。いったいどんな羞恥ごっこ。

いきなり横面を張り飛ばされたような気分だが、なんの他意もない夫人に抗議するのもはばかられる。これはどうだ、あれはどうだとドレスをとっかえひっかえする夫人を前に、拒絶することもできないまま着替えさせられた。

は、恥ずかしい……ここだけの話、陛下にお口でされたときより恥ずかしかった。

夫人が選んだのは、さほど派手ではないクリーム色のドレス。スカートの後ろ側にたっぷりのフリルが飾られていたが、表面はシンプルな意匠で飾られている。ぺったんこの胸を隠すように、胸元はレースで巧みに覆われていた。なるほど、陛下のお見立ては的確である。

仕上げとばかりに、ひとくくりに結っただけの髪は解かれ、細やかに編み込まれた。

「お化粧はなさらないのね。とってもお肌がきれいだわ」

化粧など！　私は近衛騎士で男ですから！　しかし、じきに就寝時間だし、今から気合を入れて化粧などしなくてもよさそうなものだ。

着替えだけのはずが、夫人のやる気に火がついてしまったらしい。夫人の試行錯誤の末に鏡の前に立たされた私は、そこに知らない女性の顔を見つけた。

どちらの姫君だろうと他人事(ひとごと)のように思った一瞬、それが鏡に映る自分だと知り絶句する。

「これが、私――!?」

女は化けるというが、これはもはや別人だろう。化粧の威力たるや、剣よりも恐ろしい。基本、屋根の下で勤務していて、それほど日焼けもしていないからか、化粧が浮いて見えることもなかった。

すごい、誰がどう見ても女子だ。近衛騎士ルディアスだと言っても、誰も信じないのではないだろうか。

さらに人というものは、服装ひとつで立ち居振る舞いまでもが変わってしまうようで……さっきまで貴族青年の服装できびきびと歩いていた私が、化粧してドレスを着ただけで、動きまで女性らしくなってしまったのだから、さもありなん。

「ルディアンゼさまは背がすらりと高くていらっしゃるから、キリアさまと並ばれてもまったく違和感はないでしょうね！」

ファナゼン夫人は手放しで称賛してくれるが、こっちは慣れない女装に全身が硬直してそれどころではない。おかげで夕食の席でも、せっかくの料理も味がよくわからず、全身がぐったりとするだけだった。

そんな折、ファナゼン家を訪ねてくる者があった。こんな時間に来客だろうか。

気になって、家令が応対に出ている様子を一階の居間から覗く。玄関先に姿を見せたのは——近衛隊のロクシアン副隊長とアウレス！　なぜ彼らがここに⁉

近衛騎士たちにこんな姿を見られたら、万事休すだ。

あわてて奥へ引っ込もうとした私の視界に、キリアさまのお姿が映った。暗い色のマントを羽織り、騎士たちを従えて颯爽と玄関ホールへ入ってくる。なんてほれぼれするお姿……

（きゃあああ、かっこいい！　って、違う、ど、どうしよう……早く隠れなきゃ。もしかいたらこちらにいらっしゃるかもしれない。でも……）

居間にいては、玄関前にある階段から二階へ逃げることもできない。うろたえながらソファにしがみつき、どこへ逃げようかと思案していると、とうとうキリア陛下が居間へ入ってきた。もちろん、ロクシアン副隊長とアウレスも一緒だ。

（見つかっちゃう——！）

顔を見られるより先に、いっそソファの陰にしゃがみ込んでしまおうかと覚悟した時だった。

「ルディアンゼ！」

私を見つけるなり、キリアさまは太陽よりもまばゆい笑顔をお見せになった。ああっ、立ちくらみ……してる場合じゃない！

「キリア陛下……」

すぐ後ろに副隊長とアウレスが控えているというのに、キリアさまは私に近づいてくるなりぎゅっと抱きしめて頬にキスをした。ああ、もう近衛隊にいられない！

「見違えたよ、ルディアンゼ！　ますます美しくなったね」

「は、はぃ」

今は陛下のハグやキスよりも、近衛騎士たちの視線が気になって仕方がない。普段、剣を合わせて鍛錬に励む仲の彼らが、この様子を見て何を思うのか……

だが、彼らは常からのように微動だにせず、ただちょっとだけ好奇心を覗かせた目でこちらを見ている。

「ロクシアン、アウレス。彼女がルディアンゼ・ユア・ナルサーク。ルディアスの妹だよ」

なんですって！　と叫びそうになった私の口を、陛下は強引なくちづけで封じた。人前で、よりによって同僚たちの目の前で！

（みっ、見られてるっ！　上司と同僚に見られてるぅ！）

やがて陛下から解放されたものの、完全に言葉を失い真っ赤になった私は、口をぱくぱくさせるしかなかった。だが、勇気を出して近衛騎士たちに目を向けると、彼らはいたく感心した様子で私の前にひざまずいたのである。

「いつも兄上にはお世話になっております、ルディアンゼ嬢。私どもは兄上と同じく、キリアドール陛下の身辺をお護りする近衛騎士でございます」

き、気づいてない？　……化粧か？　これが化粧の効果なのか！

私に向かって筆おろしがどうとか言っていた人物とは思えないほど、ロクシアン副隊長は精悍な顔をキリッと引き締めて挨拶してくれた。ああ、さすが近衛騎士――カッコイイな。

「は、はじめまして――」

あまり余計なことをしゃべるとボロが出そうなので、最低限の挨拶を返したのだが、私もしっかり女の声になっている。

「しかし陛下、いつの間にルディアンゼさまとお知り合いに？」

「幼い頃によくしてもらったんだ。ルディアスがいると、なかなか妹君を口説けないから、今回彼には故郷に帰ってもらったというわけだ」

よくもまあ、そんな嘘っぱちな筋書きを組み立てられたものだ。ルディアスは邪魔者ですか、そうですか。

（……って、私、これから口説かれるのでございますか？）

陛下は私に改めて向き直ると、編み込まれた髪や頬に愛おしそうに触れられた。

「本当に美しくなったね。想像以上だ」

「あ、りがとう、ございます……」

きっと、陛下のご本心なのだろう。ありがたいお言葉で身に余る光栄なのだが、なんだか恐ろしいものを感じる。陛下の策略によって、外堀を着実に埋められている気が……

「では陛下、我々はお邸（やしき）の警護を」

「悪いね、今夜一晩だけよろしく。ファナゼン夫人に部屋を借りているから、交代で休んで」

「かしこまりました」

そうして近衛騎士が居間から下がってしまうと、私とキリアさまのふたりきりになった。いつの間にかファナゼン家の人々も姿を消している。

「どう、ルディアンゼ。ロクシアンもアウレスも、君に気づかなかった」

「キリアさま——これは、いったい」

「ルディアンゼ姫が余の求婚を受け入れてくれぬゆえ、その原因をひとつずつ潰していこうと思う」

「……！」

ニコッと笑った陛下だが、その濃紺の瞳の奥はちっとも笑ってなどいなかった。陛下は、冗談をおっしゃっているわけではないのだ。さすがにここまでくればもうわかる。

でも、「国王命令だ」と言えば、それでもう私は断れないというのに、陛下はそうはおっしゃらない。国王陛下からの求婚を断るなんてとてつもなく無礼な振る舞いだが、キリアさまは許容してくださっている。その度量の深さに敬服するばかりだ。

とはいえ、やはり簡単に「はい」とは言えないのだ——

「そんなつらそうな顔をされると、余も立つ瀬がない」

「ちっ、違うのです！　私などには、もったいないお話で……」

うつむいた私の頬に、陛下の指が触れた。きれいに整ったその指先はあたたかい。

「かまわぬ、今すぐ結論を出せとは言わない。ルディアンゼ姫の心がほぐれるまで待つ余裕はある」

「キリアさま……」

なんだか調子が狂うのは、こんな格好をしているせいだろうか。ルディアスのときは男同士という気安さを確かに感じていて、キリアさまに萌えながらも、すべてを客観的に眺めていられた。だけど今は、「ルディアンゼ」の私が陛下のお言葉ひとつひとつを受けている。他人事ではなく、これは「本当の私」の問題なのだ。

「……だけど、こっちは待てそうにないや」

「えっ」

言うなり私を抱き上げると、陛下は居間を出て階段を駆け上がる。

さすがに勝手知ったる乳母の家。迷いもなく二階の奥にある私の部屋へ入った。

＊　＊　＊

「ルディアンゼ、すごくかわいいよ」

私を床に下ろすなり、キリアさまは両手で頬をはさみ込んで、何度もくちづけをした。女らしく編み込んだ髪に指を絡められつつ、熱のこもったキスを繰り返す。

「ん――っ、キリアさ……」

な、なんだろう、城でされるときより、なんだか自然に受け入れてしまう。

それに、私を妻にだなんて、考え直していただこうと決意したばかりなのに、やっぱりキリアさまの熱を直接感じてしまうと、どうしても突っぱねることができなかった。情けないことだ。

溺れたように喘ぎながら、陛下の胸にしがみつく。

服装ひとつで立ち居振る舞いまで変わる——ドレスを着て化粧をした私の中に、騎士ルディアスはもはやいない。

気がつけば、きれいにメイクされたベッドの上に押し倒され、貪るようにキスを交わしていた。

息つく間もなく唇をふさぎながら、陛下は大きく開いたドレスの襟元から私の喉や肩に指を滑らせる。

強引に肌に重なる熱に、胸が勝手に高鳴った。

結婚は承諾できないのに、キリアさまと身体を重ねることには喜びを感じているなんて、私の本心はどこにあるのだろう。

もつれあうようにベッドの上でキスを交わした後で、キリアさまの指が私の顎に触れた。そのまくいっと顎を持ち上げられると、キリアさまの長い睫毛の瞳が超どアップで映る。

(きゃああ、近い近い！)

最近、接近する機会がとみに増えたが、一向に慣れることはなく、その度にクラクラと眩暈を起こしそうになる。

「惜しいな」

「な、何がでございますか」

「せっかくルディアンゼ姫のドレス姿を拝むことができたのに、脱がしてしまうのはもったいない」

確かに、普段と違う姿というものは心を揺さぶるものだ。私にも覚えがありますので、お気持ちはよぉくわかります。

(……って、え?)

陛下は、一度身体を離してドレスを着た私を眺めてから、再びくちづけながら胸元に手をかけた。レースで飾られた襟ぐりをめくり、私のささやかな胸を露出させると、やさしくふくらみを手の中におさめる。こんな薄っぺらな胸でも、今はドレスの襟ぐりに寄せて上げられて、たわわ――まではいかなくても、そこそこの谷間ができあがった。

陛下はドレスからこぼれた胸にお顔を近づけると、甘噛みするようにその頂きを咥えた。そして舌先でつついたり転がしたりする。もう一方の胸は指で弄りまわした。

「ん――っ」

視界の端に、ベッドに広がったスカートが映る。自分が近衛騎士ではなく、最初から「ルディアンゼ」として陛下のご寵愛を受けているような錯覚を覚えてしまう。

ひとしきり胸を愛撫し、陛下が耳元で囁いた。

「こないだの薬、飲む?」

薬師に渡された、あの悪魔のような薬を思い出し、とろんとしかけていた意識が一気に覚醒した。

「ダ、ダメです! あの薬だけはもう、ほんとに――」

薬が抜けた後の脱力感、疲労感、そしてとてつもない後悔と背徳感はもう味わいたくない!

「ああ、そう？　じゃあ薬なしでいいんだね」

そうおっしゃって、陛下は液体の入った瓶を懐から取り出し、ひらひらと振る。

「あっ、それは」

キリアさまが持っているのは、催淫薬の入っていない液体の避妊薬だ。ううっ、なんという意地悪。

「こんなものなしで、ルディアンゼを愛せるようになればいいんだけど」

ナイトテーブルに小瓶を置き、キリアさまは私をその腕の中に抱きしめ、深いくちづけをくださった。ああ、息もできないくらいに深く沈んでいく気がする。

やさしい腕に抱きしめられていると、恐れ多くも本当にキリアさまに愛されているのだと感じてしまう。うれしいはずなのに、大好きな方から求婚されるなんて、女としてこんなに幸せなこともそうそうないだろうに……

「ふ――、ぅ」

微かに呼吸音が漏れるほかは、互いを貪り合う音だけが室内に響く。露出した胸や肩をキリアさまの熱い手がなぞり、身体の芯が震えた。

やがて唇が離れ、顎や首筋を這い、耳朶を甘噛みされる。くすぐったさに吐息をついて目を閉じると、陛下は改めて私をベッドに仰向けに寝かせた。

そして、上体を覆うドレスを胸の下まで引きずり下ろす。長く布のたっぷりしたスカートを巧みにたくし上げると、陛下はドロワーズも膝下まで脱がした。

「あぁんっ！」

下腹部に甘い刺激を受けて、身体が跳ねる。不意打ちで割れ目に指を這わせるなんて。

久しぶりのその感覚は、たちまち理性を私から追い払った。キリアさまの指に踊らされるまま、こらえきれずに声を上げてしまう。

「こうしていると、君が普段、近衛の軍服を着て剣を手にしているなんて信じられないね」

「んっ……で、でも……腕だってこんなに、筋肉がついていて――」

手のひらにだってマメができているし、身体つきも女性らしいなめらかな曲線とはほど遠い。どこかゴツゴツしていて勇ましいという印象は拭えなかった。

「僕に比べたらひょろひょろだよ」

陛下はそうおっしゃって私の腕を撫で、そこにたくさんのキスを降らせてくれる。

さすがにひょろひょろと言われると騎士として複雑になるが、確かにキリアさまの男らしく形の整った上腕に比べればどうしても見劣りする。

キリアさまは、ひょっとして私に女であることを意識させようとなさっているのだろうか。

元々、自分が女であることを厭うているわけでもない。キリアさまを愛でるルディアンゼの乙女心は否定しないし、騎士ルディアスともうまくやってきた。

でもキリアさまは、そのルディアスとルディアンゼを分離しようとしている気がする。気のせいだろうか……？

「ずいぶん上の空だね」

「そんなことは、や――ぁあぁっ」

やさしく蕾を指先で揺さぶられて、乾いた身体が潤うような感覚に満ちていく。キリアさまの指が動くたびにじわりと蜜が滲んだ。

初めてのときはひたすら戸惑い、二度目は薬に浮かされて半ば正気を失っていた。キリアさまと肌を重ねることに少しだけ馴染んできて、余裕でも出てきたのだろうか。

「どうしたら僕に意識を向けてくれるかな。ルディアンゼ姫のご要望は？」

「よ、要望？」

要望って――私の要望は、私への求婚を考え直していただく、ただその一点に尽きる。だから、こんなことするのはやめましょうと。

……言えない。

キリアさまに抱かれるのはまた別の話というか、イヤどころかうれしく思ってしまっているのだ。たとえば今、この手を振りほどいて逃げることができるかと聞かれても――

(ムリ……できるなら、最初のときにやってた)

もしかして私、キリアさまと身体だけの関係を望んでいるのだろうか。そんなバカな。

「ほら、また別のこと考えてる。自信なくすな……俺」

少し拗ねたようにキリアさまは唇をとがらせる。そんな表情にも愛おしさを感じるが、今はそれ以上に別のことに気を取られていた。

無意識につぶやかれたようだが、先日も陛下は、事の最中にご自身を「俺」とおっしゃっていた。

それ、もう一度聞きたいです……！

「別のことなんて。わたくし、陛下のことで毎日頭がいっぱいです！」

思わず力説してしまうと、キリアさまはにっこり微笑んで私にのしかかってこられた。

「今夜はたっぷりルディアンゼを愛したい。僕がいろいろ悩ませてるんだろうけど、好きでいてくれるなら、一晩くらい何も考えずに、ね」

耳元に囁く誘惑の声。甘い響きを持つ低い声が、じんわりと私の中に浸透して――気がつけば素直にこくんとうなずいている自分がいた。

「あ、の、ではひとつ……お願いしたいことが……」

「ルディアンゼのお願い、ぜひ聞きたいね。言ってごらん」

そう言いながらも、陛下の指が下着の中での悪戯を再開する。

「んっ……で、は、お言葉に甘えさせていただき、あぁっ……へいか……っ」

「なあに？」

「ご、ご自身を『俺』と、おっしゃっていただけますか……？」

「え？」

キリアさまは手を止め、意外そうに濃紺の瞳を見開かれた。きっと、もっと違う答えを想像されていたのだろう。

「自分のことを、俺って言えばいいの？　別にいいけど、何か変わる？」

「あの、先ほどそのようにおっしゃっていて、できたら……」

いだ。

催淫薬の効果で夢中になってしまったとき、「俺」発言を聞いて、思わず果ててしまったくら
「まあ、それでルディアンゼが俺を見てくれるなら」

(『俺』……！　ああ——素敵すぎる！)

陛下のお声で、胸どころか身体の芯がきゅんとなった。そこを指でなぞられたらもう……

「あぁ——んッ！　ふ、ぅああっ、や、あぁ」

陛下のお身体に腕をまわしてぎゅっと抱きつく。陛下はドレスの下から剥き出しになった胸をやわらかく握り、大きく開いた襟ぐりから背中に手を差し込み、私の背を撫でまわした。

「ん、あ……キリアさまぁ……」

陛下の御手があったかい。しっとりとした男らしい手に触れられるだけで、ごちゃごちゃと悩んでいたことが嘘のように、頭が真っ白になっていく。

「かわいい」

陛下は性急にスカートの布をたくし上げて、私の脚を持ち上げた。尻まで浮いてしまい、ドレスの下で露わになった無防備な秘裂が、陛下の眼前に晒け出される。

「きゃあっ」

なんていう恥ずかしい格好！　自分からはスカートの布が邪魔になって向こうがわからないが、陛下からは丸見えになっているだろう。

しかもそこに唇をお寄せになった陛下は、舌を出して音を立てながら舐めはじめた。スカートの

向こうで、陛下の金髪だけがランプに照らされてきらめいているのが見える。

「ぁあっ、やぁ、あぁ……っ、いや――っ、キリアさま……」

ゆっくりと蜜の湧き出したそこが、たちまち淫らな音を立てた。キリアさまの舌が的確に繁みの奥にひそんでいる蕾を探り当て、掘り起こすようになぞっていく。舌なのに、意外と力強くて。

「ん、く……っぅん」

私の腰の下に膝を入れ、腰を浮かした状態で、舌のみならず指までそこに加える。キリアさまは閉じた秘裂を押し広げ、剥き出しになった花びらに口をつけて吸い上げた。

「んぁああ、や――だめ……！　キリアさ、ま」

「だめ？」

「だ、だって……恥ずかし……！」

「俺にだけ見せてよ、ルディアンゼ。恥ずかしがるその声も顔も、すごくかわいい」

「――――っ！」

今、陛下の目の前で蜜がとろりとあふれ出したのがわかった。ああ、陛下が俺とおっしゃるだけで疼いてしまう。しかも胸と下腹部を露出させられて、とんでもない角度で秘所を舐められているのだ。

「これじゃあせっかくのドレスが皺になっちゃうね」

こぼれた蜜を舐め取るようにそこをぺろりとされて震えた一瞬、陛下が腰のベルトをお外しになった。

「でもやっぱり、ドレス姿なんて滅多に拝めないんだからもったいないし、このままましちゃおうか」

その台詞で、向日葵のような笑顔をされますか！

上着の釦を外していくキリアさまの、男らしく凹凸のはっきりした肉体美がチラ見えすると、思わず凝視してしまった。

（隠れるようにちらちら見えるものって、どうしても覗き見したくなってしまいます……！）

私の視線に気づかれたのかどうか、陛下はニコリ――というには少々邪気の混じった笑顔で私を見た。そして上着は着たまま、硬く屹立したものを堂々と晒す。

「ルディアンゼにかわいがってもらいたいって」

「かっ、かわいが……っ!?」

いったい何をしたら、かわいがることに……？

以前のように、握りしめればいいのだろうか……って、自分はなんということを考えているんだ！

見れば見るほど、男性のその部分はどこかグロテスクで、生々しい。でも目が離せず、ついちらりと見てしまうのだった。

「そんなに珍しい？」

「そ、そんなことは……あ、いえ。もちろん、その――えっ、と」

適切な返答が思い浮かばない。珍しいかどうかと問われれば、珍しいに決まっているけど、「珍しいです！」といって観察するのも乙女としてどうかと思うし……

「ここは俺の中枢だから。ルディアンゼにかわいがってもらいたいな」

オレノチュウスウ――なんだかよく意味はわからないけど、心にぐっとくるお言葉でございます。

「ルディアンゼの口でしてよ。さっき俺がしたみたいに」

「――」

一瞬、頭の中が真っ白になった。

(こ、これを……口で、する――?)

呆然とする私の頭に陛下の手が触れ、抱き寄せられたかと思った瞬間、深くくちづけられた。そして陛下の麗しの大胸筋に当てた手をつかみ取られ、導かれた先は――体温より熱を持っていた。

前回は泡まみれでぬるぬるしていたから感触も曖昧だったけど、今日は直に触れてその硬さを感じ、どぎまぎしてしまう。

きゅっと遠慮がちに力を入れると、先端の部分がしっとりと濡れた気がする。でも、陛下が唇を解放してくださらないので、どんな様子になっているかはわからない。ひとまず、先日、陛下の浴室で教わったように手の中でそれを動かしてみる。

私の拙い奉仕で陛下をお慰めできるのだろうか。でも、さっきよりもずっとキリアさまのくちづけが色っぽく、熱に浮かされたように濃厚になった。舌と舌を絡ませて口腔内を犯されると、陛下のそこを握る手に思わず力が入る。

「ルディアンゼ――舐めて」

キリアさまの楔を口に含むなんて、こんな日が来るとは夢にも思わなかった。でも今は、誠心誠意お仕えすることに専念しよう。

それにしても、殿方のモノをこんなに間近で見るなんて、恥ずかしすぎて心臓に悪い。でも、ほのかにやさしい石鹸（せっけん）の香りが鼻をくすぐる。ああ、陛下もここへ来る前に洗い清めてきてくださったのかもしれない。

（ちょっと、かわいい）

「ん――」

どうしていいのかわからず、おそるおそる舌でぺろりとなぞると、陛下の吐息が漏れ聞こえてきた。気持ちいいと感じてくださっているのでしょうか。

そこから、私がどうしたかは――詳しく聞かないでいただきたい。

陛下の呼吸が跳ねる位置で試行錯誤しながら舌を使っていると、キリアさまの吐息が切なく色気を帯びてきた。それを聞いている私までなんだかズクズク疼（うず）いてしまう。

夢中になって舌で愛撫していたら、急に下腹部に刺激を感じた。陛下がスカートをたくし上げて私の臀部（でんぶ）から腕をまわし、濡れた割れ目を指でなぞったのだ。

「んふ――ぅ」

ふと目を開けて視線を滑らせると、壁にかけられた鏡には男女の交わる姿が。舐めて、弄（いじ）られ、互いに夢中になって相手を追い込もうとしている。

ああ、媚薬なんて飲んでいないのに、くらくらしてきた。

意識すると恥ずかしいので、とにかく夢中で目の前の行為に没頭する。そのうち陛下に巧みに誘導されて、気がつけば罰当たりなことに、御身の上に跨っていた。

しかも、私の口の中にキリアさまが入ったまま、自らの恥部をキリアさまのお顔に向ける体勢になったのだ！

仰向けになったキリアさまの視界には、恥ずかしい蜜でぐっしょり濡れた割れ目が晒されていることだろう。こんなこと、万死に値する所業なのでは。

（でも、キリアさまからのご指示で……っ）

そうやって命令だからと自分に言い聞かせ、動揺しながらも陛下のたくましすぎる熱塊を舌で愛撫する。すると、『見られている』という意識で熱くなった秘裂に、陛下の指が這った。

「んぅっ、ぅう……っ！」

口がふさがっていて言葉にならなかった。女の秘所を確実に捉えながら、的確に私の中を攻め立ててくる陛下の指戯に、どうしようもなく身悶える。

私からは陛下のお顔も何も見えないため、スカートの中でどのような悪戯がなされているかはわからなかったが、不意に、腰をぐっと陛下に抱き寄せられた。濡れた恥部に陛下の唇が触れる。

（うそ――！）

お互いの局部を舐め合うという、私の常識には一切存在しない行為に思考停止する。

でも私の拙い奉仕よりも、キリアさまの技術のほうがはるかに上だった。舌と指で攻め立てられて、あえなく降参してしまう。

「あっ、や――キリアさまぁっ、もう……っ！」

陛下の上に跨ったまま、絶頂。

震えて力が入らなくなった身体を、かろうじて自分で支える。このまま腰を落としてしまったら、キリアさまのお顔の上に――

でも、キリアさまの手はそれでは止まらなかった。私の奥へ続く入り口を探し当て、長い指で中を貫いたのだ。

「あああ！」

陛下は、ぐちゅぐちゅと音を立てながら指を出し挿れする。蜜をかき出すように何本かの指で中をやさしくひっかかれると、奥からたっぷりの蜜がこぼれた。

「も、もうっ！　ほんとに――だめ……ぇっ」

「何度でもイって。ルディアンゼが感じてくれるとうれしいよ、俺」

（そんなこと言われたら――）

キリアさまのそそり立つ熱を握りしめて、たまらずくちづけた。陛下のそこからも私と同様に蜜がこぼれていて、キリアさまも私を欲しがってくださっているのがわかる。

「――っ、キリアさま……」

何かぷちんと切れたように、私は陛下のものを握って必死に動かしながら、舌で張りつめた筋を舐め取って吸い上げた。

「う、ルディアンゼっ……！」

それは手の中でますます熱を増して、びくっと震える。その瞬間、ドクンドクンと強く脈打って、キリアさまの精が私の口の中に放たれた。

「は、ぁ……っ」

さっきまで私を強く攻めていた陛下が、ぐったりと身体を投げ出して深い吐息をつかれた。私はといえば、夢中になって吸っていたせいで、勢いのままそれを思いっきり飲み下し、むせてしまった。

「ごめん、ルディアンゼ」

飲み切れずにあふれた白濁が、口の端からこぼれる。すると、キリアさまが起き上がり、濡れた口元を拭ってくださった。

「大丈夫――？」

「は、はい……」

びっくりして、それ以外に返事のしようがなかった。まさか陛下の尊い精を飲み込んでしまうなんて。これは、失礼にあたるのだろうか……？

「口の中に出すつもりじゃなかったんだ、今日はね」

――いずれは、その予定がおありだったということでしょうか。

少しあわてたご様子だったキリアさまだが、すぐに調子を取り戻して微笑んだ。

どんどん陛下に支配されていく自分に、果てたばかりの子宮がふたたび疼く。なんだか熱に浮かされたみたいにぼうっとしてきた。

「すっごく気持ちよかった」

キリアさまは笑って私の頬にキスを落とし、まだ足りないというように首筋に唇を寄せた。そして私をベッドの上に仰向けにはりつけ、全身を愛撫してくださる。

「ああーっ！　んあ、んっ、陛下……っ、そこ――ぁああんっ」

もう、ドレスが皺になろうがお構いなしだ。布の中に手を入れ、胸や尻のふくらみを揉みしだく。勢いが衰えたと思った楔はふたたび鋭く天を向き、脚の間の割れ目をくすぐる。私の喉からひっきりなしに喘ぎ声がこぼれた。

「ルディアンゼ、俺のこと好き？」

「はい……あぁ……っ」

こんなにキリアさまが大好きで、毎日陛下のことしか考えていないほどだ。

そう言うと、キリアさまは少しだけ表情を曇らせて、私の首筋に舌を這わせる。

(陛下のお顔が、吐息が耳元に……。御髪が顔にかかって、いい香り……)

キリアさまは私の頬に唇を押し当てながら、半端に脱げてぐしゃぐしゃになったドレスをもどかしそうに剥がした。ご自身もたくましい裸身を晒して私の上にのしかかる。

そして、私の身も心も完全に溶かしてしまうほど濃厚な愛撫をくださった。

手だけではなく、唇や舌でも身体中を弄られ、皮膚の隅々まで熱が行きわたる。ときどき陛下は、耳元で「ルディアンゼ」と私の名を囁きながら、身体のどこが感じるのか確かめておられるようだった。

「ああ……」

キリアさまに触れている部分が熱くなる。やさしくさすられて、強烈な快感ではないが、次第に私の中で何かがふくらんでいった。唇から勝手にこぼれる吐息が熱くて熱くて、身体の中で溜まっていく欲望をキリアさまに知られてしまう——

ゆるやかな坂をのぼるように、ゆっくり果てへと押し上げられていく。泣きたくなるほどのやさしい手に、私はしがみついてくちづけた。

キリアさまの手はそれに応(こた)えるよう、私の手をやんわりと握ってベッドに押しつけ、指と指を絡め合いながら唇を重ねる。

「んっ、キリアさま——！」

私をあやすようにキリアさまは微笑んで、勢いを取り戻した灼熱(しゃくねつ)を私の中に突き立てた。

「——っ」

思わず息を呑むと、もう熟しすぎて果汁があふれ出しているそこを深く抉(えぐ)られた。一番奥まで力強く突き上げられた後、キリアさまの剛直が中でゆっくりと出入りを繰り返していく。

「ああ……」

触れ合っている場所すべてに感覚を刻みつけるようにじっくり動かれると、ひどく心地よくて、身体の芯からぞくぞくと震えてしまった。

さらにキリアさまは、硬くなった胸の頂点を熱い舌で舐める。気持ちよくて、くすぐったい。両手はベッドに押しつけられているので、キリアさまの思うままに弄(いじ)られるしかなかった。

「……っ」

どんどん乱れていく呼吸に、キリアさまの吐息が重なる。

「ね、ルディアンゼ。もっと、めちゃくちゃにしたい……」

キリアさまがかすれた低い声で囁(ささや)いた。その声の響きに揺さぶられるように、身体に快感が走り抜けていく。

泣きたくなるほどの甘い声に、私は目を閉じた。

「――もっと、めちゃくちゃに、してください。キリアさま……」

そう告げたとたん、キリアさまの手に力がこもったのを感じた。

絡めていた手ではなく、手首を押さえつけられ、私の中に埋め込まれていた楔(くさび)がずんと重たさを増し、最奥に突き立てるように深い場所を穿(うが)つ。

「もっと、ルディアンゼと、深くつながりたい……」

「あっ、ああっ！　そんな……奥……っ」

激しすぎて、気持ちよすぎて、上げる声はほとんど悲鳴に近かった。

何か物足りないような、もどかしいような、陛下の言葉にならないお声の代わりに、中を抉(えぐ)る楔(くさび)が私を絡め取ろうとしている、そんな気がする。

やがて、ある一点を突かれた瞬間、身体がどこかに放り出されるような感覚にとらわれ――

「んっ、あぁああ――！」

感じたこともないような幸福感に満たされ、全身が大きくわなないた。

朝、目が覚めたとき、陛下はもうそこにはおられなかった。

結局、最後は全裸で絡み合ったため、毛布の中で眠っていた私は裸だ。秘部は陛下の放たれた精と自らこぼした蜜でぬめっていて、昨晩の行為をいやでも思い出させた。

でも、とっても気持ちよくて――思い出しただけで顔が火照（ほて）る。

しかし、私ときたら陛下をお見送りもせずに、なんと失礼なことをしてしまったんだろう。ずいぶん長いあいだ、陛下に全身とろとろになるまで蕩かされてしまい、疲れ果ててぐっすり眠ってしまったのだ。

陛下にはお休みらしいお休みもないし、きっと今朝も謁見（えっけん）だの書類決裁だの、たくさんのお仕事があるのだろう。その陛下をさしおいて熟睡したあげく、休暇をいただいてしまうなんて……過分な待遇すぎる。

そんなわけで、私が起き出したのは正午になるちょっと手前という、普段の生活からは想像もつかない遅い時間だった。あわてて飛び起き、キリアさまが置いて行ってくださった小瓶の薬を飲んだが、それにすら罪悪感を覚えてしまう。

（と、とりあえず身体を清めなければ……いえ、決してキリアさまとの交わりが穢（けが）れたものだと言っているわけではないのですが、やはり事後のこの状態は、決して快適とは言い難（がた）く――）

ファナゼン家の浴室を拝借するために、ひとまず着替えを探す。昨晩、キリアさまに脱がされ、床の上に放り出されていたはずのドレスだが、今はソファの上に置かれていた。どうやら、キリアさまが皺（しわ）を伸ばしてここへかけておいてくださったようだ。細やかなお心遣いに感謝です！

そそくさとそれに着替えると、私は誰にも出会わないようにこっそり部屋を出る。だが、階段を下りたところで、ファナゼン夫人と鉢合わせしてしまった。

「まあ、おはようございます、ルディアンゼさま。ゆっくり眠れましたか？」

「は、はい――」

なんともばつの悪い。何もかもお見通しであろう笑顔で、夫人は「浴室をご自由にどうぞ、着替えもご用意してますわ」と言い立ち去った。とてもかないそうにない。

浴室でいろいろなものでベタベタになった身体を流し、鏡を覗き込むと、まあずいぶんと今朝は肌艶のいいことで。もっと疲れた感じになっていると思っていたが、かなりすっきりした顔をしている。

事後の下腹部の痛みはまだ微かに残っているものの、出血はしていない。痛みも初めてのときほどではなく、むしろ快楽すら覚えてきている。

こうやってどんどん陛下に手懐けられていくのだろうか。

身体を清めて夫人に髪を整えてもらい、遅い朝食――というより昼食をとっていたときのことだ。急に邸の表が賑やかになった。馬車の乗りつける音がした後、客人の声が食堂にまで聞こえてきた。

「まあ、いらしたようだわ。ずいぶんと早かったのね」

ファナゼン夫人が手を打って立ち上がったので、私はあわてて食事を口に詰めこんだ。

「今日は、お客様が――？」

「ええ、夕方にいらっしゃるとうかがっていたのですが」

来客の多い邸(やしき)である。表の賑(にぎ)やかな声は女性のものだったから、キリアさまがいらしたわけではなさそうだ。見知らぬ客人に対して私はどのように振る舞えばいいのだろう。

「どなたがいらっしゃったのですか？」

「一緒にお出迎えいたしましょう。きっと、驚かれると思いますわ」

「私の知っている方ですか？」

でも、女の私を知っているのは、キリアさまのみ。それ以外の人物と、この姿で出会うのはよくないのでは……！

ファナゼン夫人について歩きながら、おろおろしていると、夫人が大きく玄関扉を開け放った。

「まあ、ようこそおいでくださいました！　ずいぶんとお早い到着でしたのね」

「はじめまして、ファナゼン夫人でいらっしゃいますわね。このたびは、妹ともどもご厄介になります」

夫人の挨拶の後に、きびきびとした女性の快活な声が続く。玄関口で戸惑って立ち尽くしていた私に、客人の女性が目を向けた。

高くゆったり結い上げた髪は、金髪というには少し赤みがかった、私とそっくり同じ色。品のいい佇(たたず)まいは貴婦人のそれだ。

「……って、姉さま!?」

思わず私は叫び、腰を抜かしそうになった。向こうは向こうで目を瞠(みは)り、まじまじと私を凝視する。

「ルディ？　いつの間に女の子になっちゃったの？」

「……私は最初から女子です」

客人は、私の姉エファローズだった。確か最後に会ったのは、私が近衛騎士に取り立てていただいた際、お祝いに駆けつけてくれたときだったか。約三年ぶりの再会だ。

「なぜ姉さまがここへ」

詰め寄ろうとする私を、姉はやんわりと押しとどめた。

「ルディ、私はまだファナゼン夫人にご挨拶さえしていないのよ。あとにしてちょうだい」

私より五つ年上の姉エファローズは、とにかく合理的な人で、ナルサーク村の領主である父の片腕として、その辣腕(らつわん)を振るっている。未だ独身なのだが、その理由は姉の男を選別する目が厳しすぎるからだろうと、私は思っている。

「改めまして、ルディアンゼの姉、エファローズ・ユア・ナルサークと申します」

「まあまあ、さすがにルディアンゼさまのお姉さまですのね、お美しい姉妹に目がくらみそうですわ。わたくしはトエルシア・ユア・ファナゼンでございます。キリアドール陛下よりこの邸(やしき)をお守りするように申し付かっております。どうぞご滞在中は、我が家と思ってお寛(くつろ)ぎくださいな」

姉は私の隣の部屋を与えられて荷物を運び入れる。ナルサーク村で作ったという甘い果実のジャムのおみやげも忘れない、しっかり者の姉だ。

居間にて二人でお茶をいただきながら、ようやく事情を問いただすことができた。

「あの、姉さま。いったいどうしてここへ?」

「国王陛下からご招待いただいたのよ」

「キリア陛下に?」

「それにしても、前に会ったときはすっかり男らしくなったと思っていたのに、急に女みたいになったわね、ルディ」

その言い方は語弊がありますよ、エファ姉さま。まるで私が女装しているみたいではないですか――言い得て妙ではありますが。

「もう近衛騎士はやめるの?」

「やめません! こ、この姿はわけがあってですね……」

私のもとに送り込まれたこの『姉』という名の刺客には、いったいどういう意味があるのだろうか――

「エファ姉さま、あの、いつもは私、近衛騎士のルディアスで通っているのです。後生ですから、その」

「わかってるわよ。でも、『ルディアス』はナルサーク村に帰省中で、その姉妹であるエファローズとルディアンゼが王都に遊びに来ている、という設定だと陛下からうかがっているわ」

「せっ、設定!?」

「明日、陛下が夜会を開かれるそうなので、そこに『ルディアスの姉妹』として招待状を受け取っているのよ、ルディ。姉である私と、妹のルディアンゼに」

姉の口から次々と語られる事実に戦慄（せんりつ）しながら、私はその招待状とやらを見せてもらった。ルディアンゼ・ユア・ナルサーク宛のその手紙は、紛れもなく明日の晩に開かれる夜会への招待状だ。

休暇中に夜会が開かれるなんて聞いていないが、きっと気候のいいこの季節、テラスを開放して夜の宴（うたげ）としゃれ込むのだろう。

故郷の姉を、ひいてはナルサーク家の人間を、キリアさまが自らの陣営に引き入れた気がして、思わず息を呑んだ。

なんかもう、着実に周囲の地固めが完了しているのでは……!?

＊　＊　＊

陛下の主催される夜会というのは、王都でくすぶっている独身の若い貴族たちを集めた『お友達会』だ。うるさいお目付け役を除いた無礼講ということで、日頃からやれ家訓だ、やれしきたりだと縛られている貴族の若者たちが、うっぷんを晴らす大切な場なのである。

貴族というのもなかなか不便なもので、世間体を非常に気にする種族だ。庶民から見たら自由気ままに見えても、それなりに苦労が多かったりする。

そこで陛下は年に一度はこういった催（もよお）しを開いて、若者たちに憂さ晴らしさせている。きっとキリアさまご自身も、たまには宮廷の監視から逃れて、羽を伸ばしたいのだろう。国王とはいえ、まだまだキリアさまも二十代の青年なのだ。

　その夜会に、私たち『ルディアスの姉妹』が今回招待された。国王陛下からのご招待を断る選択肢はないし、何しろ姉は大喜びで出席する気でいるのだから始末が悪い。

　確かに、私ひとりをルディアスの妹と紹介するより、ふたりまとめてお披露目したほうが、私の正体がバレにくい。そして、妹という言葉も説得力を持ちやすいというご配慮——いや、キリアさまの策謀なのだ。なんと末恐ろしいお考えを……

　ルディアスとルディアンゼをまったくの別人に仕立て上げれば、女が近衛騎士を務めていたという事実も自然と隠蔽できる。ルディアスは帰郷し、ナルサーク村の領主を継いだとでも言っておけば、誰も地方の田舎村まで真偽を確かめに来ることはない。誰も困らず、すべてが丸く収まって万々歳である。

　夜会へ向かう馬車に揺られながら、この先、どうなるのだろうと考えていると、姉エファローズに肩を叩かれた。

「ルディ、聞いたわよ。どうしてキリアドール陛下のご求婚を断るような真似を？　陛下はおやさしいから、こうしてあなたの決断を待ってくださっているけれど、そもそもご命令に背けば咎められるのよ。それに、何を躊躇することがあるの？　子供の頃からあんなにキリア陛下をお慕いしていたじゃない」

　痛いところを突かれ、私は姉から目を逸らした。陛下のおやさしさに甘えていることは事実である。キリアさまは、求婚していることを私の実家に伝えたらしく、実家の両親までもが姉を通じて、結婚を承諾しろとせっついてきた。

身内から王妃が出たともなれば、末代までの語り草である。しかも、王妃の実家ということで、かなりの恩恵を受けることもあるだろう。

それに、家族にしてみれば「男の姿をしてまんまと騎士になりおおせたルディアンゼ」はあくまでナルサーク家の末娘にすぎない。正体がばれたとき問題が起こることを心配し、ほどほどで切り上げて実家に戻って来いとは、父親から幾度(いくど)となく言われていた。

しかし、私にとって騎士ルディアスは立派な相棒だ。ルディアスの存在が消されそうになっているこの状況を、手放しで喜ぶ気にはなれない。まるで、自分の半分を否定されているように感じるのだ。もちろん、陛下にそのようなおつもりがないのはわかっているが。

「私は近衛騎士です。宮廷では男として——」

「それはあくまでも建前でしょう。肝心のあなたの気持ちは？　ルディは昔から理詰めで物を考える子だったけれど、もうちょっと自分の気持ちを大事にしてあげてもいいのではないかしら」

現実的なこの姉ならば、私と意見を同じくするのでは。心のどこかでそう思っていただけに、エファ姉さまの言葉は意外だった。

「私の、気持ち……？」

陛下のことが大好きだということは紛れもない事実だ。でも、そんな簡単なことじゃない。

「だって、キリアさまはこの国の王なんです。好きだからという感情だけで、お側にいたいと望んでいい方では——」

「そうかしら。そんなこと、あなたの努力次第でどうとでもなると思うけれど」

「努力……？」

「ルディのことだから、歴代の王妃さま方と自分を比べて勝手にヘコんでいるのでしょう？　王妃とはこうあるべきだ、と型にはめて」

「そっ、それは――そうです。だって、一国の王妃なんですよ？　私がそんな器ではないことは、姉さまが一番よく知っているじゃないですか」

「器でないなんて、思っていないわ。『なれる』か『なれないか』じゃないのよ。『なる』のか『ならないのか』よ。そう考えたら、女の身で近衛騎士に成りおおせたことのほうが、ずっと型破りじゃない」

　言われてみれば、田舎貴族の娘が陛下の妻になることより、性別を偽って騎士団に所属していることのほうがはるかに異常ではある。

「あ、あれ……？」

「じゃあ、別の方向から考えてみましょう。求婚をお断りしました――それで、今までと変わらず陛下にお仕えできるの？　いずれ遠からず、陛下は王妃さまを迎えるでしょう。目の前でそれを見て、これまで通り何食わぬ顔で過ごせるの？　陛下だけでなく、王妃さまをもお護りするのよ。近衛騎士隊は、王家をお護りするために存在するのだから」

「それは、もちろん……」

　私が騎士に叙任されてから今日まで、王家とはキリアさまおひとりのことだった。

だが、いずれは見知らぬ女性がキリアさまの隣に立ち、陛下を「夫」と呼んで過ごすだろう。おやさしいキリアさまは、きっとあたたかな家庭を築かれるに違いない。

――私は後ろから黙ってその姿を見続ける。冷たい鎧に身を固めて。

（心臓が痛い……）

私に触れたあの大きな手が他の女性を抱き、あの心地の良いお声で名を呼び――ああっ、こんなところで十八歳未満禁止的な妄想が……！

「いちいち心をかき乱されていては、近衛騎士としては失格よね」

「なっ、何をおっしゃいますか姉上、私が嫉妬をする道理などございません」

めちゃくちゃ棒読み――！

でも、言葉とは正反対に、勝手に自分の妄想で嫉妬している。ちょっと前だったら、たぶん陛下がお妃さまを迎えられても、変わらずに近衛騎士としてお仕えできたと思う。でも今は……キリアさまの手のあたたかさを知り、その身体の熱を知ってしまった今となっては、そんな状況に耐えられない。きっと近衛騎士を辞して、毎日泣き暮らしてしまうだろう。

（私、もう――キリアさまのことを、ただ『好き』なわけじゃないんだ……）

私を眺めてエファ姉さまがくすっと笑ったとき、馬車は慣れ親しんだ王宮へと滑り込んだ。

今日の会場は、王宮の裏手門から入ってすぐのところにある「真珠の間」と呼ばれる広間だ。数十人規模のわりと小さな広間で、真珠のようにぴかぴかに磨かれた白い床が美しい。テラスから広々とした庭園に通じていて、気候のいい季節は広間から外へ出て夜会を楽しむのだ。

馬車から降りた私たち姉妹は、「誰だろう？」という疑問の顔をした招待客たちに、にこやかな笑顔を振りまいて広間へ向かう。むろん、にこやかだったのは姉だけであって、私は知った顔ばかりの招待客にバレやしないかと、終始引きつり顔だ。

広間に到着すると、キリア陛下が客の出迎えのために入り口に立っていらした。その背後に控えているのは——ラグフェス隊長。

陛下よりも先に隊長と目が合って、私はとっさにうつむいてしまった。

（バレて、ませんよね？）

隊長は表情を変えることはなかったが、わずかに眉をひそめた。まるで「すべてわかっているのだぞ」とでも言われたような気分だ。

さらに、周辺の警備をしているのは当然のごとく近衛隊で、アウレスやカイドンなど、親しくしている同僚たちもいる。

（こ、こわいっ……！）

貴族の子弟たちなら顔を知っている程度だが、彼らは訳が違う。同じ宿舎で起居を共にし、毎日共に職務についている騎士仲間だ。一瞬たりとも目を合わせるわけにはいかない。

「やあ、よく来てくださったね！」

キリアさまの声が耳に飛び込んできた途端、思わず呼吸が止まりそうになってしまった。

執務中より軽装のキリアさまが、両手を広げて私たち姉妹を歓迎してくださっている。だが、目が合うなり心臓が早鐘のように打ちはじめて、私はまたしてもうつむくことになった。

な、なんだろう……キリアさまを見てドキドキするのは今に始まったことではないけれど、いつもと違う動悸がする。

「国王陛下、この度はご招待いただきまして光栄でございます」

ぎくしゃくしている私を尻目に、エファ姉さまは如才ない口ぶりで、スカートをつまみキリアさまにご挨拶をする。一国の王を前にして堂々たるものだ。さすがは次期ナルサーク領主。

「遠路をわざわざありがとう。ええと、あなたが姉上の――」

「わたくしが長女のエファローズ、こちらが妹のルディアンゼでございます、陛下」

「ようこそ、エファローズ姫、ルディアンゼ姫」

キリア陛下の小芝居に感心しつつ、私は口の中で小さく挨拶をしてお辞儀をする。エファ姉さまの手で複雑に編み込まれて結い上げた髪がふわりと揺れた。

私の着ているドレスは胸元が広く開いているものだが、一般的な姫君たちと比べるとやや筋肉量が多いため、肩や二の腕をレースの袖の下に隠しているのだ。胸がふっくらしている件については、お察しいただきたい。

「こんなにお美しい姉妹を迎えられるなんて、今宵は楽しい夜になりそうだ」

陛下が私を見て満足そうに笑われた。そこでまたキリアさまと目が合い、あわてて顔を伏せる。

今日はこんなことばかりでちっとも落ち着かない。

次に入ってきた招待客にその場をゆずって広間を抜け、私たち姉妹はまばゆい明かりに照らされた庭園へ進む。そこにはとうに人の輪ができあがっていたのだが、彼らは私たちを見て互いに顔を見合わせた。

「失礼ですが、どちらのお嬢様方でしょう？」

財務長官の孫であるカゼンツ子爵に尋ねられ、エファ姉さまが優雅な挨拶を返した。

「はじめまして。わたくしどもはアルカム地方ナルサーク村から参りました、ナルサーク伯爵の娘でございます」

「アルカムのナルサークというと、近衛騎士ルディアスくんの……？」

「はい、ルディアスはわたくしどものきょうだいでございます。いつも、弟がお世話になっております」

エファ姉さまがそう挨拶した途端、近くでそれを聞いていた連中がどよめいた。

「ルディアスさまの、ごきょうだい!?」

男女問わずに口々に叫び、あっという間に私たちは周りを囲まれてしまった。

ルディアス本人だとバレやしないか冷や汗が出すぎて、脱水症状を起こしそうだ。何しろ、ここに集まった面子（メンツ）の大半が知った顔なのだから。

「ナルサークどのにこのようなお美しい姉妹方がおられたなんて！」

「言われてみましたら、確かにおふたりとも、ルディアスさまによく似ておいでですわ」

「これははじめまして。わたくしは……」

「お名前をおうかがいしても？」

こんな調子でもみくちゃになっていると、キリアさまがやってきてその場をおさめてくださった。

「みんな、もうナルサーク家の姉妹に目をつけたね。ルディアスの姉君であるエファローズ姫、そして妹のルディアンゼ姫だ。ルディアスがナルサークに帰省するのと入れ替えで、王都に遊びに来てもらったんだよ」

「どうせでしたら、ルディアスさまもおいでになればよかったですのに」

「彼がここにいたら職務に励んじゃうからね。たまには故郷でのんびり休ませてやらないと」

キリアさまもよく舌のまわるお方だ。実にもっともな理由なので、ルディアスの不在を疑問に思う者はいないだろう。

「さあ、だいたいみんな集まったかな。今日はナルサークから客人も招いているし、楽しくやってくれ」

陛下のそのお言葉で無礼講の宴が始まった。とはいえ、乱痴気騒ぎがはじまるわけではない。基本的にアルバトスの若者たちは生真面目なので、学問や政治、周辺諸国の動向、先日まで滞在していたドルザックの商人たちの話、まずはそういった話題が飛び交う。そして、酒が入ってくると少々、色恋の話に発展したりするのだ。

完全に気後れする私をよそに、エファ姉さまはあっという間にこの輪に打ち解けていた。

やや気難しいところのある姉だが、貴族の子弟たちと昨今の政治情勢や地方の農村の暮らしぶりといった話で盛り上がっている。

ここにはいずれ領地を継ぐ若者たちも多いし、彼女は父であるナルサーク領主の片腕としてその辣腕を振るっているから、話題が尽きないのだろう。

武辺一辺倒の私にはさっぱり理解できない。

「ときにキリアドール陛下。小耳にはさんだ噂ではありますが、ドルザックの大使どのが陛下にご婚姻の話を持ちかけてきたというのは本当なのでございますか？」

港湾局次官の子息ファゼシア子爵が、ひそひそと陛下にそんな話題を振る。無礼講とはいえ、国王陛下に対してなんという問いかけをするのだ。

「さあ、初耳だな」

陛下は、不躾なうえに下手をすれば国の機密に関わるような話題を咎めるでもなく、涼しい顔で笑う。そして、ちらりと私に視線をくださった。

「陛下もそろそろお妃さまを娶れと、長官方から催促されているのではございませんか？」

あわわ、その手の話はまだ続くのか……！

「独身の国政者には当然の話だね。そういうファゼシア子爵は、ユミア姫との仲はどうなっているんだい？」

(え、ファゼシアどのがユミア姫と恋仲に!? なんですかそれ、ちっとも存じ上げませんが……って、ルディアンゼには、ここに知己はいないんです、どなたも存じ上げてはいないのです！)

おろおろしていると、ひとりでいる私を見かねたのか、女性陣が私の周りに集まってきた。

「ルディアンゼさまはお姉さまと違って、ずいぶん恥ずかしがり屋なのでございますね」

「あ、いえ……」

つとめて女らしい声を出すようにしながら、私は小さく言った。ばれないように言動には細心の注意を払わなければ。

「本当にルディアスさまとよく似ておいでですのね！　お姉さまもそっくりですが、ルディアンゼさまのほうが面影が似ていますわ」

「え、ええ、よく言われます……」

気がつけば女子の集団に囲まれている私だが、なんだか敵陣にひとりで乗り込んだとき以上の緊張が走る。

「ときにルディアンゼさま、お兄さまにはどなたかいい方がいらっしゃるの？」

「は？」

お兄さまって、ルディアス──私のことか。

「とっ、とくに聞いたことは、ありませんが……」

「そうなのですか？　宮廷内にはルディアスさまを狙う姫君たちが大勢おりますのに、ルディアスさまはどなたにもご興味をお持ちにはなられないのですもの。故郷に恋人がいらっしゃるのかと思っていたのですが」

「……聞いたことも、ありません」

女性にはそういった意味で興味がないもので、申し訳ありません。ルディアスに成り代わって私が謝罪いたします！

「故郷に恋人がいるか、もしくは……って思っていたのですけど。では後者かしら」

「フィフィア姫、妹君の前で言うことではなくてよ」

「ですが、陛下とルディアスさまが並ばれているときの、あのしっとりと落ち着いた感じは……ねえ！」

「違うというのなら、まだ救いがあるというものですわ。ルディアスさまと親しくしたい女性は多いのですから」

「ルディアンゼさまはお兄さまのこと、どう思われていて？」

「どうと……言われましても……」

うああ、ここにもミミティアと同じにおいのする女子たちが！　しかも私ってそんな目で見られていたのか。公式の場では一切表情を消していたはずなのに……

人知れず苦悩していると、楽隊が演奏を始めた。貴族の夜会というのは、文化的な集まりでもあるので、ダンスを踊ったりもする。むろん、私は常に警備に立つ側なので参加したことはないが。

曲が始まっていくつかのペアが踊りはじめたところで、いきなり誰かに手首をつかまれた。そして、庭園のど真ん中に投げ出されていた。

「踊っていただけますか？　ルディアンゼ姫」

「へ――？」

あわてて見上げると、キリア陛下にそっと――実は逃げられないようにぎゅっと――手首をつかまれていた。物腰はやわらかいものの、逃げることを許さない瞳で、にこやかにお笑いになる。

逃げ場なし!?

そうして退路を断ったキリアさまは、私の耳元に唇を寄せて言う。

「もしかして夜会に連れ出したこと、怒ってる？」

「お、怒ってなど、そんな……」

「それならいいけど、さっき目を逸らされたから、怒らせたかと心配になった。ああ、でもよく似合うよ、そのドレス。ほんとにかわいい」

キリアさまによる手放しの賛辞に、私は返す言葉を見つけられず黙り込むしかなかった。

陛下の大きな手に触れられた部分が熱い。さわやかな香りがふわりと漂う胸元に抱き寄せられて、心臓がバカみたいに強く鼓動する。

そんな私の状態を知ってか知らずか、陛下は私の腰を引き寄せて、慣れた動作でくるりと回した。

これまでにお付き合いとして男役を踊ったことはあるが、女役はないのだ。陛下に翻弄（ほんろう）されつつ、それでも自身の反射神経でなんとか身体を動かす。そう、これはもはや戦闘行為に近い。敵と切り結ぶときと同じくらいの緊張感でダンスに挑んだ。

そういえば、陛下は招待された場合は招待主と踊ることもあるが、ご自身で主催される夜会では一切踊らないのだ。宮廷内にいらぬ騒乱を巻き起こさないために。

それなのに、いきなり私を名指しなどなさったら……！

（ホラ、皆さまが呆然とこちらを見ているではありませんか！　それはそうですとも、これは、大問題に発展するのでは――）

「女側で踊ったことはなさそうなのに、やっぱり反応がいいね、ルディアンゼ。運動神経がいいからかな」

「そ、そんな呑気なことをおっしゃっている場合ではありません。わたくしとダンスなんて、これでは……」

「別にいいじゃない、ダンスくらい。別に人前でえっちなことしてるわけじゃない。俺はいくらでもしたいけどね、昨日の続き……」

昨晩のアレは！　冷静に考えてみると、あまりに破廉恥すぎて叫び出したくなってしまう。ああ、でもまだ陛下は「俺」呼びを継続してくださっている。私のために――！

しかし、いくら「近衛騎士ルディアスの妹」といえど、皆さまからしたら、ここへやってきたばかりの田舎貴族の田舎娘だ。そんな田舎者相手に陛下がダンスをするなんて、天地がひっくり返るような出来事なんですよ？　さっきまで私に話しかけてくれていた姫君たちの目が、急速に冷たくなっていくのが見える。ああ、目が回ってきた。

立て続けに二曲踊ってへとへとになった頃、ようやく陛下に解放された。大変な栄誉ではあるものの、他の皆さまの視線が棘のように痛くてたまらない。

だが、陛下はエファ姉さまとも踊られたので、どうにか「遠路はるばるやってきた田舎者たちへの労い」という格好がついたようだ。

同時に、周囲の刺々しい視線も少しは和らいだ気がする。まったく、陛下の隣に立つということは、敵を無限に増やすようなもので、並大抵の精神力では務まらないだろう。

次々に襲い来る緊張に疲弊しはじめた頃、庭園の奥で小さな騒ぎが起きた。

見ると、女性客のひとりが倒れてしまったらしい。周囲にいた人々が介抱するべく集まっている。身体を締めつけるコルセットをつけていると、どうしても呼吸が浅くなってしまうため気絶しやすいのだ。コルセット文化も陛下の即位以来、廃れてきたと思ったのだが、完全になくなったわけではないようだ。親や祖父母の代では「着用してこそ淑女」といった空気があるので、新しい文化を受け入れられない一部の人々のあいだには、今でも根強く残っているらしい。

ちなみに私が陛下にいただいたドレスは、苦しいコルセットを着ける必要のないものばかりだった。実にキリアさまらしい。

私も何かお手伝いを、と考えはしたが、大勢で取り囲んでもかえって邪魔になるだろうと思いとどまった。それに、陛下と踊り終えた姉が、率先して場を取り仕切っているので大丈夫だろう。

「そちらの近衛の方、彼女をベンチへ運んでくださるかしら」

私が考えているあいだに、姉が近くにいた近衛騎士に指示を出していたのだ。彼はうなずいて女性を抱え上げる。

人の上に立つというのは、教育はもちろんだが、素質も必要だ。姉のあのきびきびした様子はまさにそれにふさわしく、さすが次期ナルサーク領主と思わせる風格がある。

一方、自分のことでいっぱいいっぱいになっている私ときたら……とても王妃が務まるとは思えない。

そのとき、女性を抱えた騎士がちらりと私に目を向けたので、あわてて私は顔ごと逸らした。

(アウレスだ。頼むからこっちを見ないで)

彼には本当に用心しなければならない。近衛隊の中でも一番親しい間柄だ。ふとした拍子に「ルディアス本人では」と、疑われかねない。

エファ姉さまとアウレスが立ち去った後、私は庭園の隅っこで気持ちを落ち着かせようと果実酒を呷ったが、緊張していたせいか、どうも飲み過ぎたようだ。

陛下も御酒を召し上がりながら若者たちとの会話に興じているので、酔いを醒ますために少し席を外すことにした。

＊＊＊

真珠の間から廊下を挟んだ向こうには、美しい中庭が広がっていた。夜でも散策ができるように常夜灯が設置されているのだが、確かそこにベンチがあったはずだ。数々の緊張に加え、さっきのダンスと酒のせいで足がくたくたになってしまったので、腰を下ろして休憩したい。

「ふう……」

花々の咲き乱れる中庭のベンチに座り、私は心の底から深いため息をついた。

そもそも、なぜこの私が、女のドレスを着て夜会に出席しているのだろう。だが、あれだけ大勢の顔見知りがいるというのに、誰も私がルディアス本人だと疑っていないところが恐ろしい。

陛下が次々に仕掛けてこられる罠にことごとく嵌まっている気がするのだが、あまりにも自然すぎて避けることもかなわなかった。

実際、私はどうすべきなのだろう。姉は私自身の気持ちはどうなのかと問うたが、騎士として仕えることと、畏くも陛下に女として愛されることを両天秤にかけると、もはやどちらに秤が傾くか、試してみなくてもわかるほどだ。

私はもう、以前のようにキリアさまを遠巻きに眺めて喜んでいる、大勢の賛美者の中のひとりではなくなってしまったのだ。

キリアさまのお姿を見ただけで胸がざわつき、笑顔を向けられるだけで、世界までもが明るく輝いて見えるようになった。

きっとこれは、『恋』なんだと――思う。

だがこのまま、ルディアスとルディアンゼが別人という嘘偽りを貫き通して、キリアさまの妃になれるのだろうか。教養も嗜みもない、剣しか取り柄のない粗忽なこの私が……？　人々を騙しておいて、しらんぷりで女に戻って。

――本当にそれでいいのだろうか。

いくら自問自答を繰り返しても堂々巡りで、ここから先の答えが出ない。思わず頭をかきむしりそうになって、あわててその衝動を抑えた。

内心はともかく、今はルディアンゼ・ユア・ナルサークとして、貴婦人らしく振る舞わなくては。貴婦人の嗜みなんて、持ってはいないけれど……

「はあぁ――」

今日、何度目だろう。肺腑の底からため息をついたとき、ふと人の気配を感じて私は立ち上がった。

こんなところで人と一対一になるのは、不都合なことが多すぎる。犯罪者の気分で近くの繁み(しげ)に隠れると、ふたりの男がこちらへ向かって歩いてくるところだった。

夜会の参加者だろうか、ひとりは正装をした青年だが、私の知らない顔だ。普段から宮廷に出入りしている人物ならともかく、たまにしかやってこない人物の顔は私にもわからない。

だが、そのほうがかえって安心だ。ルディアスのことを知らない相手ならば、疑われようもないのだから。私はほっとして肩の力を抜いた。

男たちは、周囲に人がいないのにひそひそ声で話をしている。

「どうだ――」

「順調だ。予測通り近衛騎士の警備は少ない。あとは時間を待つばかりだ」

すると、葉陰で姿がよく見えなかったもうひとりの男の顔が露(あら)わになる。私は瞬時に凍りついた。

あれは……あの大男は、私がたびたび伸(の)してきたベルド商会の巨漢だったのだ。それにしてもなんだ――このあやしげな会話は。

私は息をひそめて会話を拾うことに集中する。

「次の鐘が鳴ったら、それを合図に陽動作戦開始だ。近衛だけでなく宮廷警備もいる。ぬかるなよ」

「目指すは国王キリアドールただひとりだ。近衛騎士はできるだけ相手にしねえ」

「しかし、近衛騎士隊長が警備に立っている。こいつは相当厄介だぞ――」

何の算段だ、これは。奴ら、キリアさまを害するつもりなのか？

それに、一緒にいる青年はアルバトスの貴族ではないのか？　国王陛下にお仕えする者が、ベルド商会の手先と一緒になって謀反を企てているなんて。

とにかく、こうしてはいられない。早く陛下にお知らせしなくては。

このときの私はかなり動揺していたのだろう。自分がドレスを着て、慣れないハイヒールを履いていたことを完全に忘れていたのだ。いつもの鎧姿にブーツの出で立ちのつもりで後退したら、ヒールが地面の石畳のくぼみにひっかかってしまった。

「あっ」と声が漏れ、そのまま繁みの中に倒れ込み尻もちをついてしまった。葉の揺れる音が大きく中庭に響き渡る。

「誰だ!?」

（しまった――！）

大急ぎで立ち上がろうとしたのだが、ドレスのたっぷりした布に邪魔されて、うまくできない。しかも、まるでひっくりかえった亀のように無様な姿を晒している。

（ああもう！　なぜドレスなんて着てきたんだ、私は陛下の身辺をお護りする近衛騎士なのだぞ！）

彼らは繁みの中でじたばたもがいている私を見つけ、鋭く目を細めて近づいてきた。

「今の話、聞いていましたね、お嬢さん」

「な、何のことでしょう……」

通用しないことはわかっているけれど、多少の時間稼ぎのためにもとぼけておかなければ。この姿でいつものように凄んだところで、まったく相手には効かないのだから。

「とりあえず、どこかに閉じ込めておかねえとな」

巨漢に右腕をつかまれ、強引に立たされる。だがこれは勝機だ。自力で立ち上がれないのを助けてもらったようなものである。

「ちょっと待て！　この女、見覚えが……」

ベルド商会の巨漢が言った瞬間、私の自由な左手が、巨漢の顔面に向かって正拳を叩き込んでいた。彼はまともにそれを受けて、そのままばたりと地面に倒れる。これでこの男とは三戦三勝だ。

腕が解放された後、素早くもうひとりに向き直る。私の動きに意表を突かれたのか、貴族のナリをした男の動きは鈍い。

（入った！）

このまま拳が私の思い描いた通りの軌道をなぞれば、二人目もあっけなく地面に没しただろう。

だが、振り返って腰を落とした瞬間、私は足を取られてバランスを崩してしまった。

「わ……っ!?」

転倒を免れるために足を踏み出したが――またしてもハイヒール！　中庭の石畳にまたヒールがひっかかったのだ。

ヒールに慣れた淑女であれば転倒するようなことはなかっただろうが、ヒールでの所作がまったく身についていない私には言わずもがなである。

結果、体勢を戻したときには貴族男が私の正面に立っていて、険しい顔をしていた。

「なんて女だ！」

ようやく持ち直した身体を突き飛ばされて地面に倒れ込み、両手を後ろに捻り上げられてしまった。痛かったが、声を上げるのが悔しくて歯を食いしばる。

くそっ、もう金輪際ドレスなど着るものか！

「お嬢さん、あなたは何者ですか。この手のひらのマメは、ふつう剣を扱う者にできるものですが」

事ここに及んで、空とぼけても無駄なようだ。貴族の姫君の手のひらにマメができる状況なんてまずないだろう。田舎者であれば、鋤や鍬のマメというのはあり得るか。

「そっちこそ何者だ。さっきから不穏当な発言ばかり。何を企んでいる」

とっさのことで女言葉を作れなかったが、緊急時だし、これが地なので仕方がない。

「あなたが知る必要のないことです。皆と広間でバカ騒ぎをしていれば、命だけは助かっただろうに。夜間のひとり歩きは危険ですよ」

私と貴族青年が互いに睨み合ったとき、倒れていた巨漢が起き上がった。鼻血が出てなかなか情けない有様だ。

こんな、強面なだけで実力のない男を飼っているなんて、ベルド商会もよほど人手が足りないのだろう。

「いてえ——ちくしょう」

「おい、大丈夫か」

貴族男に腕を取られている私を見て、巨漢は鼻血を拭いながら近づいてくる。そして、ガッと私の頬をつかんで強引に上を向かせた。

怒りのこもった男の手は容赦なく、爪が頬に食い込んで痛い。だが、近衛騎士の矜持（きょうじ）にかけて、絶対に脅しになど屈してなるものか。

「てめえはこないだリーグニールで邪魔しやがった女だな。どこのどいつだ、きさまは」

さすがにそこはバレてしまったか。彼とて、何人もの女に殴り倒されたなんて思いたくないだろうしな。

「その女、ただ者じゃないぞ。どうやら剣を使うようだ、国王側の間諜（かんちょう）かもしれない」

「バカな。計画が漏れているとでもいうのか？　おい女、どうなんだ」

ぴしゃりと頬を叩かれて、髪をつかまれた。荒事には耐性があるとはいえ、無抵抗の女の姿で男に暴力を振るわれたのは初めてだ。一瞬ぽかんとしてしまったが、次第にふつふつと怒りが湧いてきた。

女に手を上げるなんて、男の風上にもおけぬ奴め、あとで覚えておけよ。

……都合のいいときだけ女を自覚する私であった。

「これ以上、痛い思いをしたくなければ、白状したほうがいいぞ。きさま、キリアドールの犬なのか」

う、ん。ある意味「キリアさまの犬」というのは間違いない。陛下に呼ばれたら尻尾振って馳（は）せ参じてしまうし——って、そんな場合じゃないだろう！

この際、偶然だったことを白状するよりも、思わせぶりにしておいたほうがいいかもしれない。何が目的なのかは知らないが、こいつらがキリアさまに害を及ぼそうとしているのは間違いないのだ。キリアさまがすでに何らかの情報を握っていると思わせておけば、時間稼ぎになるかもしれない。

「誰が白状などするものか、下種め」

「生意気な女が——」

拳を固めて振り上げた鼻血男を、私はまっすぐに見据えた。脅されれば誰もが屈すると思うなよ。

「バカ、やめておけ。こんなところで」

だが、もうひとりのほうがとっさにそれを止めに入った。こっちの貴族風の青年のほうは穏健派なのだろうか。

「じゃあ場所を変えればいいだろ。どっちにしろ、この女を放置しとくわけにはいかねえからな」

ベルド商会の大男は、貴族青年が首に巻いていたスカーフを外すと、それ猿ぐつわ代わりに私に噛ませる。

「事がすむまでは、裏庭の倉庫にでも縛って閉じ込めておけ」

腕を取られたまま立ち上がらされると、鼻血男が耳元で囁く。

「身体にたっぷり聞いてやるから、覚悟しとけ。生意気な女をよがらせるのはたまんねえからな」

いつぞや、リーグニールの裏通りで吐いていた台詞をなぞり、巨漢は嘲笑した。まさか、女を脅すときの常套句を、私が言われる立場になろうとは……

かくして私は捕らわれの身となり、ふたりの男に中庭から連れ去られた。そして庭園の裏にある、園芸作業用具の倉庫に押し込まれてしまった。

こんな夜更けに庭園にやってくる者はいないし、今夜は陛下が夜会を開いているため、城の人員はほとんどそちらに集中しているだろう。

倉庫内にあった縄で、立った状態のまま柱にくくりつけられた。むろん暴れはしたものの、男ふたりがかりで本気で押さえ込まれてしまえばどうにもならない。ましてや動きの制限されるハイヒールに、長く重たいスカート姿では……本当に実用に耐えない服だ。

「もう時間がねえ、あんたは先に待機組のほうに連絡してきてくれ。俺はこの女が逃げられないようにしておく」

「……わかった」

貴族風の青年を追い出した巨漢の魂胆は丸見えである。邪魔されずに私を料理しようというのだろう。

しかし、この私に狼藉(ろうぜき)を働こうというのか、下種(げす)め。この身に触れられるのは、世界中を探してもキリアさまただおひとりだけだ――！

とはいうものの、今はまともに抵抗すらできない状態だ。柱に縛られた腕をもぞもぞと動かしてみるが、荒縄が食い込んで腕に痛みが走るだけで、ビクともしなかった。しかも、胸の下から胴回りまで縄でぐるぐる巻きにされている。

自分が女だという自覚がまったく足りなかったので、こんな連中に自分が穢(けが)されてしまうなんて思ってもいなかったのだが……ようやく理解した。これは少々、まずい状況なのかもしれない。

男はひとりになると、柱に磔にされている私を見て下品な笑みを浮かべる。

「おまえの正体を白状しろとは言わねえ、声を上げられてもつまらねえからな」

猿ぐつわを噛まされて声が出せないため、とにかく目で物を言うしかなかったのだが、当然ながらさしたる効果はない。

男は短刀を懐から取り出すと鞘から抜き、刃を私の頬にペチペチと当てた。

「声も上げられなくなった頃に猿ぐつわを外してやるぜ、お姫さま。ここをたっぷりかわいがってからな。具合がよかったら、商品として使ってやろうか。逃げられないように脚の腱を切って」

そう言いながら男はスカートの前側に短刀を刺し、裾まで一気に切り裂いた。

女性を拉致監禁したあげくに緊縛して強姦……本当にこういう男が存在するのだと知り、なんとも言えない気分になった。こんな輩に泣かされた女性が、これまでにいったい幾人存在するのだろう。

しかも、この手慣れた脅し文句に行動。ベルド商会が女性の身を売買するという話は聞いたことがあるが、やはり真実だったというわけか。

恐怖よりも怒りのほうが強い。この手が自由なら、この男の横っ面を殴り倒してやるのに。

(ああ——神さま……キリアさま!)

そうこうしているうちに、男は切り裂いたスカートをめくると、膝上のレースのドロワーズに手をかけた。

「余計なことをしてる暇はねえからな。ここを抉り抜いてやったら、嫌でも自分の正体を白状したくなるぜ」

下着の上から無遠慮にそこをつかまれ、鳥肌が立った。こんな輩に、キリアさまが求めてくださった身体をいいようにされるなんて。

（許せない、許せない――！）

猿ぐつわを噛みしめて呻き、あらんかぎりの力で身をよじる。縄が余計に食い込んでドレスの布が破れ、腕の皮膚が裂けた。男はそれを見て嘲笑し、一息に下ろすべく下着に手をかけようとした。

「ん――っ！」

怒りのあまりに喉の奥で呻くと、頭の中の何かがブチリと切れ、目の前が真っ暗になる。

次の瞬間、「ボカッ」と鋭くも鈍い音が、倉庫の中に響き渡った。

そして、それに続くヘンな悲鳴。

「ブガァーっ」

（え……？）

な、何だろう、この潰れた豚みたいな声は。

男が発した妙な声と共にドサリという音が聞こえ、それきり静かになった。

「……？」

目を開けると、私のすぐ足元で大男が仰向けに倒れていた。さらに鼻血を噴きながらピクピクと痙攣している。

（え、何……？）

改めて周囲を確認するも、誰かが助けに入ってくれたわけではない。

だが、よくよく見れば、私の右脚が、鋭い蹴りを放ったままの状態で折り曲げられていた。

無意識に繰り出したハイヒールでの前蹴りが、男の顔面に直撃していたのだ。

もしかすると、鼻が折れたのではないだろうか。

（う、わぁ……）

これは痛い。躊躇（ためら）いも手加減もないヒールからの必殺の一撃だ、とんでもない衝撃だろう。しかも皮肉なことに、男がスカートを引き裂いて重たい布という障害がなくなった結果、見事な前蹴りが繰り出せたのだ。

この男、スケベなことばかり考えていたせいで、私の脚を縛るという発想に至らなかったようだ。脚を縛りつけたりしたら、淫乱な真似ができないだろうから。

私も、貞操を脅かされてやはり動転していたのだろう。脚の自由が利くことをすっかり失念していた。

だが、最後は本能が自分を守ったのである。なんて機転が利くんだ、我が脚よ！

ひとまずの一時しのぎにはなったが、身動き取れない状況に変わりはない。こうしている間にもじきに鐘が鳴って、彼らが何らかの騒ぎを起こす時間になる。

キリアさま――キリアさまの危機だ！　傍（かたわ）らに近衛が控えているとはいえ、連中の規模も何もわからない。早く陛下にお知らせしなくては！

「うーっ」

いくら日々の鍛錬を怠らずにいた私でも、縄抜けの特技はない。脱出方法が見つからずに焦っていたとき、倉庫の扉がギギギ……と軋みながら開いた。

もうひとりの男が戻ってきたのかもしれない。絶体絶命のピンチか――

そっと扉の隙間から中に入り込んできた人の気配に、私は二度目の奇跡を起こすべく、スカートの中の脚に集中した。侵入者が近くまで来たら、この脚力をもって蹴り飛ばしてやるのだ。

あと少し、もう少し……今だ！

「ルディアンゼ姫――」

（えっ？）

呼びかけられた時には遅かった。放った右脚は的確に相手の鳩尾を捉えている。

「うっ……！」

男が瞬間、息を呑む音が聞こえた。だが、なんと男は腕で私の蹴りを受け止めていたのだ。

（なんてヤツ――！）

男の反射神経を思わず称賛しそうになったが、褒めている場合じゃない。

あれ、でもこの男、私の名前を……？

「ルディアンゼ姫、ご無事ですか！」

「……！」

私に呼びかけたのは、近衛騎士のアウレスだったのだ。

助かった、と思うよりも先に全身の血がサーッと引いて、冷や汗が流れ出る。

彼はおののく私の脚を解放して丁寧に床に下ろすと、そこに伸びている男と私を見比べた。

「この男は、ルディアンゼ姫が？」

アウレスが猿ぐつわを外してくれたので、返事をしないわけにはいかない。

「は、はぃぃ……」

顔を伏せ、小さく言う。否定しようとも思ったが、アウレスに攻撃を仕掛けたばかりで、その言い訳はさすがに苦しすぎるだろう。

アウレスとは付き合いも長い。ふたりでいたら、さすがに彼も何か気づくのではないだろうか。

そもそもどこの世界に、縛られているにもかかわらず、暴漢を蹴りで撃退する姫君がいるというのか。どこからどう見てもあやしすぎる。

「……とにかく、ご無事でようございました。かような不始末となり、まことに申し訳ございません。わたくしの責任で……」

たくさん湧いたであろう疑問と疑惑を「とにかく」の一言で片づけ、アウレスは剣で縄を切り、深々と頭を下げた。我が友は、なんともよくできた人物だ。

しかし、今はそれどころではない。

「それよりも、早く陛下を――キリアさまが危険なんです！」

私は、事情の説明ももどかしく倉庫から飛び出した。

「ルディアンゼ姫、お待ちを！」

私が蹴り倒した男を縄でくくりはじめていたアウレスを置いて、私は夜会の広間に向かって走り出していた。

「一刻も早く陛下のもとへ！　あいつら、キリアさまを害そうと……」

あまりに女性として常軌を逸した行動を取っては、アウレスに正体を察知されてしまう危険がある。だが、陛下のお命には代えられないのだ。

さっき男にスカートを切り裂かれた部分がスリットのようになり、走るたびに脚が見えてしまう。だが、そんなことを気にしている暇はない。私は布をつかんで持ち上げ、広間へと急いだ。

（キリアさま――！）

先刻、私が奴らに捕らえられた辺りまで戻って来たときのことだ。

広間のほうから「火事だ！」という声が聞こえてきた。テラスの向こう側に広がる雑木林で、煙が上がっているのが見える。

「キリアさま！」

これが奴らの言う陽動作戦なのだろうか。火事を起こし、そちらに兵と客の注意を引きつけておいて陛下を……？

「ルディアンゼ姫、危険です！　ひとまず安全な場所へ退避を」

「陛下の御身のほうが大事です！」

息を切らせながら追いついたアウレスが、騒然とするテラスへ向かおうとする私の腕を取って必死に引き留める。しかし、それを思いっきり振り払うと、私はついにヒールを脱ぎ捨てた。

「姫……!?」

アウレスの仰天した声など、もはや耳に入らなかった。素足になった私は、国王陛下のもとへ今度こそ全速力で走り出した。

＊　＊　＊

「ルディアンゼはどこだ？」

彼女の不在に最初に気づいたのは、やはりキリアドールだった。

宴（うたげ）の主催者として、ルディアンゼばかりに構っていられないとはいえ、いきなり『女』として大勢の前に出るよう強制したのだ。彼女が不安な思いをしているだろうと気にかけてはいたのだが、数多くの招待客に紛れてしまい、さっきからその姿を見つけられないでいる。

——胸騒ぎがして仕方がない。

近衛隊長のラグフェスは、キリアドールの問いかけに一瞬、動きを止めた。

「先刻までは姫君たちに囲まれておりましたが……確認させましょう」

「すまんな」

ラグフェスが近くにいたカイドンに耳打ちすると、彼はうなずいて広間の向こうに姿を消した。

だが、しばらくして戻ってくると、ふたりの側へ寄って小声で告げる。

「ルディアンゼ姫は先刻、広間を出て中庭のほうへ向かわれたそうです。今、アウレスが姫の所在を確認しております」

「そうか、ご苦労だった」

ラグフェスは国王を振り返って肩をすくめた。

「人目につかない場所で休憩、といったところでしょうな」

先刻までのおろおろしたルディアンゼの様子を思い返せば、騎士の鎧よりもドレスのほうが彼女には重たかったに違いない。

「そろそろ動きがあるだろう。ラグフェスも、周辺を確認してきてくれ」

「承知いたしました」

ラグフェスが、国王の側を離れる。

キリアドールは国王の席にいて、エールを喉に流し込みながら夜会の様子を眺めた。ほどよく酔いのまわった若者たちがいくつかのグループに分かれ、様々な話題に興じている。色恋や政治、学問、そしてこのアルバトスの将来について――

国の行く末の舵取りは国王に課せられた義務だ。即位以来、さまざまな改革を実施してきたが、成功したものもあれば失敗したものもある。だが、今回だけは失敗するわけにはいかない。

王妃を娶り、国に一定の安定をもたらす。

国王が早く身を固めて世継ぎをもうけ、国民に安心感を与えてやることも重要な政策だ。

少々強引なやり方だったが、それも仕方ない。ルディアンゼ以外の女性を隣に座らせるというイメージがまったく湧かなかったのだ。彼女には急激な人生の方向転換を強いてしまうが、ここ三年傍(かたわ)らにおく中で、離れたくないという想いがつのった。

そして、その存在を自分の裡(うち)に刻みつけてしまった今、手放すことなどどう考えても不可能だ。

「とりあえず、ひとつずつ片づけていくとするか……」

物思いに耽(ふけ)っていたキリアドールが顔を上げたとき、鐘が鳴り響いた。この鐘が鳴ると夜会はひとまず散会となり、若者同士の討論も恋人同士の逢瀬も場所を変えることになる。

――そのとき。

テラスの向こうに広がる雑木林から煙が上がった。

「火事だ！」

そんな声が方々(ほうぼう)から聞こえ、キリアドールは立ち上がった。

「近衛隊はみなを城の中へ誘導し、宮廷警備班に連絡を！　消火の準備だ、周辺の警戒も怠(おこた)るな」

招待客たちの悲鳴が入り混じる中、国王の冷静沈着な指示に誰もが安堵する。しかしそれも束の間、雑木林から風に乗って煙と、剣戟(けんげき)の音が聞こえてくる。

「陛下、御身(おんみ)の安全を」

「余のことよりも、先に招待客を安全な場所へ。女性を優先するのだぞ」

近衛騎士だけでなく、キリアドールは自らも誘導のために声を張り上げる。やがて、雑木林での剣戟(けんげき)の音が近づいてきた。

「ロクシアン、状況を」

「雑木林の中にひそんだ何者かが火を放ったようでございます。伏兵がいる可能性もございますが、現在判明している者どもは約三十名、ラグフェス隊長の指揮のもと、宮廷警備班と近衛第一、第二隊で予定通り追い込んでおります。陛下もこちらへ」

副隊長の報告にうなずき、招待客の大半が城内に逃げ込んだのを確認すると、キリアドールもその場を離れようと踵を返した。

ルディアンゼはこの騒ぎに巻き込まれてはいないだろうか。中庭へ向かったのならば、その可能性はなさそうだが……

彼女を案じつつ、念のためキリアドールはテラスを見回す。すると、ふらつく女性を支えながら歩くエファローズが男とぶつかって転倒したのが見えた。

キリアドールがそれに気づいて、彼女を助け起こそうと近づいたときだ。

「陛下――っ！」

「……ルディアス？」

耳慣れた声が上げる絶叫に、キリアドールは目を瞠った。

振り返った国王の視線には、ルディアンゼともうひとり、短剣を手にした若い男の姿が映っていた。

＊＊＊

私が夜会の会場へ戻ってくると、テラスで談笑していた招待客たちが城内へ避難してくるところだった。

普段から荒事に縁のない貴族の子弟たちは一様に青ざめ、近衛騎士たちの冷静な誘導に従っている。

そんな怖いくらいに静かな避難の列を逆行すると、近衛騎士に城内へ戻るように促（うなが）された。だが、それを振り切ってテラスへ飛び出し、急いでキリアさまの姿を探し求める。

（陛下は……いらした！）

ご無事のようだが、周囲を護衛するはずの近衛騎士の姿がほとんど見えないのはどういうことだ。ロクシアン副隊長はおられるが、その他の騎士たちは？　どうしてこんなときにラグフェス隊長が不在なのだ⁉

場内を見渡すと、倒れた女性を連れて避難しようとする姉の姿があった。だが、逃げようと走ってきた若者にぶつかって転倒してしまう。

それに気づいたキリアさまが、姉を助け起こすために近づいていく。

ふと陛下の死角で、エファ姉さまを転倒させた若者が不自然に立ち止まった。あれは――さっきの二人組のうちの片割れだ。姉にぶつかったのはわざとか！

男は懐（ふところ）に手を伸ばして短剣を取り出すと、斜め後ろから陛下へとにじりよる。

心臓が早鐘のように鳴りはじめ、手が汗ばみ、呼吸が苦しくなる。気がつけば、私は無意識にスカートを撥（は）ね上げて走り出していた。

「キリアさま――」

どうしようもなく重たい自分の脚に苛立ちながら走った。もう、明日から足が動かなくなってもいいから！　間に合え、間に合ってくれ――！

「ナルサーク！」

どこかで隊長の声に呼ばれた気がしたものの、そちらを向く暇もなかった。

まだ近くに残っていた招待客たちが、私の鬼気迫った様子を見て悲鳴を上げる。

「ルディアンゼ……！」

キリアさまが私に気づいて声を上げる。

私はキリアさまのすぐ側にいる男に向かって、猛然と体当たりを喰らわせた。なんとか間に合った！

だが、その拍子に長いスカートが足に絡みつき、よろけてしまった。男は再びチャンス到来とばかりに短剣を拾い上げて、陛下に走り寄る。

「させるか！」

私は邪魔なスカートをまくり上げると、陛下のお腰に手を伸ばした。そこには国王の象徴たる宝剣がさげられているのだ。

素早くそれを拝借すると、鞘から引き抜きざま、男が振り上げた短剣を撥ね飛ばしていた。

キーン……と耳鳴りのような金属音が高らかに夜空に吸い込まれ、男の手から離れた短剣が地面に落ちる。

一瞬、時が止まったように辺りがしんと静まり返った。

だが、ラグフェス隊長が短剣を拾い上げると、我に返った招待客たちが襲撃者を捕らえるために殺到してきた。襲撃者はあっという間に地面に押さえつけられ、縄をかけられる。

「陛下、お怪我は」

「無事だ。余はともかく、ルディアンゼが――」

宝剣を握りしめたまま肩で息をしていた私だったが、目の前にキリア陛下のお姿を拝見した途端、急に手足がガクガクと震えはじめた。

「キリアさま……ご無事で……」

震える手でその腕にすがりつくと、キリアさまがそっと私の身体を抱き寄せてくださった。

あたたかなキリアさまの体温、そして鼓膜に力強く響く心臓の鼓動。キリアさまの髪一筋も失われてはいなかった――！

顔を上げると、キリアさまがやさしく微笑み、私の乱れた髪を撫でてくださる。

「ルディアンゼ」

低く耳に染みわたるようなお声を聞いて、安堵のあまり全身から力が抜ける。

だが、その瞬間、高い金属音が耳をつんざいた。

「え……」

場違いな物音を耳にし、私は怖々(こわごわ)と地面を見下ろす。そして、見開いた目から目玉がこぼれ落ちそうなほどの恐怖を味わった。なんと、国王の宝剣が手からすっぽり抜けて、地面に落下したのだ。

「も、申し訳ございません！」

ななななんてことを！　アルバトス国王家の象徴でもある宝剣を勝手に拝借しただけでなく、それを落として傷つけてしまうなど。

私は陛下の前にひざまずいて宝剣を拾い上げ、あわてて非礼を詫びた。

——そこでようやく我に返った。私ときたら、髪は乱れてぐちゃぐちゃ、スカートの前部分は大きなスリット状態になっていて、ひざまずいたら膝が丸見えで、泥だらけの素足だ。

それだけでなく、縄で縛られていたせいでドレスは薄汚れているわ、縄で傷ついた腕は血が滲んでひどい有様だわ、なんという無様な姿……

何より、衆人環視の前でドレス姿のまま剣を振り回してしまった。多くの人が避難の最中に、裸足で走り回っている私を目撃していたことだろう。

（——台無し！）

ひとり打ちひしがれていると、すかさず私と陛下のあいだにアウレスが割って入った。

「国王陛下、ルディアンゼ姫に罪科はございません。この責任はわたくしが！」

アウレスは何も悪くなんかないのに、私を庇うためにこんなことを。

「いえ、わたくしの責任です！　すべてはわたくしの愚行で——」

という私の言葉は、直後に巻き起こった爆発的な歓声にかき消された。

「なんと勇敢な姫君であることか！」

「さすがルディアスさまの妹君でいらっしゃいますわ」

「陛下の御命を救った英雄……いや、守護乙女だ！」

などなど、その場の誰もが口々に叫び、拍手喝采（かっさい）の嵐となったのである。

キリアさまは私の差し出す宝剣を受け取ると、アウレスの肩を叩いた。そして、私の手を取って立ち上がらせたのと入れ代わるように、ご自身がひざまずかれ、手の甲にキスをくださったのだ。

「そなたは余の命を救ってくれた恩人だ、ルディアンゼ姫」

「とっ、とんでもないことでございます。わたくしは、ただ……」

近衛騎士として己（おのれ）の職務を全（まっと）うしたまででございます、と言おうとしてあわてて口を噤（つぐ）んだ。

（バカバカ、いくらヨレヨレでも私は今『ドレス』を着た『貴婦人』なのだぞ！）

それなのに、あろうことか剣を振りかざして暴漢を撃退するなんて……

いや、この場合はそう動く以外に方法がなかったのだが、それにしたってもう少しうまいやり方があったのではないだろうか。

うろたえながら辺りを見回すと、ふとあることに気づいた。暴漢を取り押さえている招待客たちの顔は、どれも見知った近衛騎士だったのだ。そういえば、さっきまで姿の見えなかったラグフェス隊長がいつの間にかそこにおられるし、もしかしてこれは……

私の疑念に答えるように、陛下は立ち上がって堂々と宣言された。

「暴漢はすでに捕らえた。雑木林で騒乱を起こした者どもも、近衛隊と宮廷警備班の特別編成部隊に命じて捕縛している。後始末は彼らに任せるゆえ、皆は心配せず帰途についてくれ。不安な者は朝まで城で休んでいくといい。部屋は用意させる」

雑木林を振り返れば、多少煙は上っていたがほぼ鎮火している。また、人々を騒然とさせた剣戟（けんげき）

の音も止んでいた。

（よ、予定調和——⁉）

キリアさま、何もかもを見越した上で、すべての準備を整えていらっしゃったとしか……

思わずあんぐりと口を開けてしまったが、呆けてはいられなかった。キリアさまが散会を指示したにもかかわらず、私はまだ人だかりに囲まれたままなのだ。

「本当にすばらしかったです、ルディアンゼさま」

「女性でありながら剣を嗜まれるのですね！　颯爽と陛下をお救いする姿にときめきましたわ！」

「あ、あああの、とっさのことでしたので……」

その場にいた皆さまが口々に私を褒めてくださったのだが、どんどん自分が深みに嵌まっているような気がしてならない。

でも、キリア陛下がご無事でよかった。

人垣に囲まれていなかったら、キリアさまにすがって泣きじゃくっていたかもしれない——

第四章　選んだ未来

――王宮からやってきた使者が、「ルディアンゼ姫に恩賞を与えるので、宮廷に上がるように」との命令を伝えにきたのは翌朝のことだった。

ファナゼン夫人に、朝から大あわてで私のドレスを用意していただく。たくさんの擦り傷を負った腕を隠すために、夫人はわざわざ長い袖のドレスを選んでくださった。まさか、女の姿で正式に城に上がることになるなんて。

夕刻になって城へ向かうと、まずは昨晩の事情聴取が行われた。聴取といっても、もちろん私が尋問されるわけではなく、あのような姿で陛下の御前に現れたことなどを詳らか（つまび）にする必要があったからだ。

呼ばれたのは応接の間で、そこには陛下と、黒いマントを羽織った女性がいた。付き添ってくれた姉は別室に控えている。

「わざわざすまないね、まあ座って」

陛下にソファを勧められ、恐縮してそっと腰を下ろした。キリアさまは私の向かいに座り、黒マントの女性は陛下の隣に座る。

この黒いマントの女性はいったいどなただろうか。不躾（ぶしつけ）にもその小さなお顔を覗き込み、私は悲鳴を上げた。

「シャ、シャーロスさん！」

「こんにちは、ルディアさん」

そう、私が以前リーグニールで避妊薬を買い求めたとき、ベルド商会の連中に絡まれていたところを助けた美女だった。なぜ、彼女がここに……

「ふたりとも知り合いかい？」

陛下は意外そうなお顔をなさって、私と上品な美女とを見比べる。私はドレスで正装しているというのに、暗い色のローブを着たシャーロスのほうがはるかに美女！　――いや、比べてはいけない、これはあきらかなジャンル違いだ。

「キ、キリアさま、これは、何が」

どこに驚きの重点を置けばいいのかわからず、うろたえるあまりに言葉が詰まる。だが、キリアさまはそんな私ににこりと微笑むと、その疑問を即座に解消してくださった。

「一応、紹介しておこう。彼女はリーグニールで宿を経営する傍ら、情報収集をしてくれているシャーロス・レイヴン。市場の動向や街の噂など、細々したことも報告してくれる優秀な情報屋だ」

「そ、そうだったのですか」

この清楚な美女が情報屋だったとは。でも、あんな下町にあっても気品あふれる物腰だったたし、陛下に近しい方だと思えば納得だ。キリアさまが街のことに精通していらっしゃるのも、情報屋あってのことだったのか。

「そしてシャーロス、彼女はルディアンゼ・ユア・ナルサーク。今回のことで俺の命を救ってくれた戦乙女だ」

　キリアさまはそう紹介してくださったけれど、本当は私がしゃしゃり出なくても、陛下が傷一つ負わなかったであろうことはわかっています。何しろ、すべてキリアさまのご予定に織り込みずみの結末だったのですから！

「ええ陛下、彼女の強さはよく存じておりますわ。私も彼女に命を救われましたの。それにしてもルディア！　もしかしてあのとき言っていた相手の男って――」

「わああ、シャ、シャーロスさんお久しぶりです！　まさかこんなところでまたお会いするなんて！」

　リーグニールでの件はとっくにキリアさまに白状させられていたが、シャーロスやフェルマー婆さんに出会ったことまでは話していなかった。

　あのときは私の説明が悪くて、シャーロスさんの中で、陛下が悪逆非道な権力者になったことはどうか内密に――！

「いったい全体、どこで知り合ったんだい？」

「あの、ええと……」

　だが、その場をうまく乗り切る術など私にはなく、結局、避妊薬を買いに行った時の一連の出来事をシャーロスに暴露されてしまった。

「じゃあ、あのときの薬はフェルマー婆さんの薬だったのか。避妊薬には間違いなかったわけだ。媚薬入りの避妊薬だなんてものを作るとは、婆さんらしい」

では、陛下もあの薬師をご存じでいらっしゃるのか。この広いリーグニールで、私がたまたま偶然出会ったふたりが陛下の知己だなんて……世間は狭いものだ。

「避妊用の丸薬を試作品と間違えて渡してしまったと言っていたの。フェルマー婆さんの代わりに謝っておくわ。ごめんなさいね、ルディア」

おほほほとシャーロスは笑ったが、うぬぬ、笑いごとではございません。

「ですが陛下、女性に避妊薬を買いに行かせるなんて、いただけませんわ」

「万全のつもりだったが、言葉が足りなかった。心配かけたことは深く反省している。すまなかった。ルディアンゼ」

そう言って、キリアさまは私の手の甲にくちづけをくださった。あたたかいキリアさまの唇の感触が一気に心臓まで届き、私は赤くなった顔を伏せることしかできない。

そのとき、ノックがあって、ラグフェス隊長が部屋に入って来た。

途端に和やかな空気が規律に正され、条件反射的に背筋が伸びてしまった。無意識に敬礼しそうになる手をどうにか抑える。

「遅くなりました、陛下。聴取を始めてもよろしいでしょうか」

「ああ、頼むよ」

ラグフェス隊長は陛下の横に立つと、部下に対するときと同じく黒い瞳をまっすぐ私に向けた。

何もかも見抜かれそうで、本当にこわいっ。

「昨晩の出来事について、順を追って話してもらおうか」

「はっ！」

結局、騎士のごとく直線的に立ち上がり、敬礼しつつ普段通りの返答をしてしまう私だった。あわてて口元を押さえたがもう遅い。

（もう、私はいったい何をやっているの！）

すると、隊長はため息をついて頭を左右に振った。

「取（と）り繕（つくろ）う必要はない、ナルサーク。時間の無駄だ」

「え……」

この口ぶりからすると、まるで隊長は、私の正体を……

「あ、言ってなかったね、ルディアンゼ。ラグフェスならすべての事情を知っているから、気遣いは不要だよ」

思い切り、背後から後頭部に打撃を受けたような衝撃が走った。

「い、いつから!?」

思わず尋ねてしまった私を、隊長は鋭い目でじろりと一瞥（いちべつ）する。

「おまえが入隊試験にやってきた当初からだ。アルバトス国王自ら王国の規律を破った挙句、その共犯を私に強要してきた」

「そう、だったの、ですか……」

誰も知らない絶対の秘密のはずだったのに……こんなにも私の正体を知っている方がいたなんて……

「知っているのはここにいる人間だけだから、心配いらないよ」

何も言葉が出てこない。陛下と隊長の親密さからすると、隊長は陛下と私のイケナイ関係も、きっとご存じでいらっしゃるのですよね……？　う、眩暈が。

「それはいい。ともかく、昨日の件だ」

いろいろな衝撃に喉が震えたが、無理に女性口調を作る必要もないから楽でいいと自らに言い聞かせる。そして平常心を強引に取り戻し、順を追って昨晩の事情を説明した。

「以上になります。……あの、陛下は、昨晩の騒乱の一部始終をあらかじめご存じでいらしたのですよね……？」

でなければ、あんなに早く騒ぎが収束するはずはない。

「シャーロスにも、ベルド商会の動きを監視するように指示していたのでな。王宮内で不始末を起こされてはアルバトス宮廷の威信に傷がつくゆえ、未然に阻止するつもりだったのだが」

唐突に国王の口調になられた陛下は、顔つきまでも瞬時に変貌を遂げられた。この場で私をそんなに悶えさせて、どうなさるおつもりなのですか！

「騒ぎが市街に及んだ場合、一般市民に火の粉を振りまくことになりかねなかったゆえ、あえて中にひきずりこんだ。犯人はベルド商会の一味。そして、彼らを王宮内に引き入れたのは、彼らに与して甘い汁を吸っていた一部の貴族だ。昨晩、ルディアンゼが撃退した男が、じきに背後関係を明らかにしてくれるだろう」

「宮廷に内通者がいたというのですか……？」

「なかなか証拠はつかめなかったがな。ゆえに、外側から揺さぶりをかけるために多少の芝居を打った。ドルザック大使どのがアルバトス入りした日、そなたを伴ってリーグニールに赴いたが、その際にベルド商会に絡まれていた商人の親子を助けたな。あれの娘役は、ここにいるシャーロスだ」

「えっ、あの、ロバの……？」

偶然助けたわけではなかったのか！　あれさえもキリアさまのご予定の内だったなんて。

だが、シャーロスも驚いたように声を上げて、私の顔をじっと見つめた。わ、そんな美人さんに見つめられたら恥ずかしい……。

「あのときの護衛がルディアだったの！」

「お、お恥ずかしいかぎりで……」

腕っぷしには自信があるものの、己のがさつさが際立ってしまうようで複雑だ。

「では、私は二度もあなたに助けてもらったことになるのね」

「い、いえ、だって最初のときはキリアさまの小芝居ですので……」

「芝居とはいえ、本当に怖かったもの」

確かに、あんな顔面凶器みたいな男たちに囲まれたら、どんなに気丈な女性でもやはり恐ろしく感じるだろう。守ってさしあげられてよかった。

「荒くれ男たちにひとりで立ち向かわせるなんて、陛下はずいぶん彼女のことを信頼しているのですね。というか、信頼を通り越して無謀ですわ」

「女でありながら近衛騎士に取り立てたのは、彼女の実力を買ってのことだ。それに、いざとなれば余も加勢した。こう見えても喧嘩は強い」

キリアさまが喧嘩する姿なんて想像できない！　とはいえ、キリアさまも国王として必要最低限の訓練はなさっているし、お強いことは事実だ。

「結果、余の加勢などまったく必要なかった」

「か、彼らは腕っぷしが強くて用心棒をしているというよりは、外見の威圧感と横柄な態度で人々を脅すだけでしたから……」

たいていの善良な人々は、あんな見るからに危なそうな男たちに刃向かおうとはまず考えないから、それで十分なのだろう。

「あのとき、奴らが護衛していた馬車に乗っていたのは、ベルド商会のルシナー会長だ。彼らは商売がやりにくくなったアルバトスからドルザックへの勢力拡大を画策していてな。内通者たる貴族に協力を要請するため、談合場所へと向かう最中だった」

そこで騒ぎを起こして「国王ここにあり」と知らしめ、ベルド商会と内通者の双方を牽制したというのである。

「もしや、お忍び中の国王陛下の正体を市民にばらした衛視（えいし）隊長も、この件に一枚噛んでいらしたのですか……？」

陛下はそれには答えてくださらなかったが、私を見て楽しそうに笑われた。ああ、キリアさまの中に『偶然』などという言葉はないのだろう……

「もともと、昨晩の夜会はドレス姿のルディアンゼを愛でるつもりで開いたのに、つまらぬ横槍が入った。ルディアンゼには余計な気苦労をかけまいと、アウレスを護衛につけておいたのだが」

護衛というか、私が騒ぎを受けて想定外の動きをしないようにお目付け役を命じたのだろう。だが、アウレスは私を見失ってしまった。

ため息まじりに陛下がおっしゃるので、私はあわてて平伏した。

「お、お願いがございます、陛下。今回の件、アウレスに落ち度はございません！　わたくしが勝手に暴走して、このような結果を生じせしめました。彼は姉エファローズに指示され、気を失った女性を介抱するため、やむなく場を離れたのでございます。どうかアウレスのことはこのルディアスに免じて、ご寛恕くださいますよう――」

私などで免罪符になるとは思っていないが、そうとしか言葉が出ない。

「……ルディアスじゃなくて、ルディアンゼになら免じてあげるよ」

苦笑しながら陛下はおっしゃり、同意を求めるように隊長を振り返る。ラグフェス隊長は肩をすくめただけだった。

「まあ、結果的にルディアンゼの勇ましさを喧伝するいい機会になったしね」

――その結果こそ、キリアさまの策謀だったような気がするのは……さすがに邪推でしょうか。

夕刻になると、言われていた通りに恩賞を賜ったわけだが――陛下の執務室かどこかで簡単に終わると思っていたのに、そこには宰相閣下やアルバトスの騎士全軍を掌握なさる将軍閣下など、錚々たる顔ぶれが集まっていたのだ。

まるで戦場で武勲を挙げたが如きの恩賞の宝剣を、軍務長官さま自らの手で与えられたのである。

私はもう嬉しいやら困ったやら、自分でもわけがわからずに、自棄になって騎士の礼をした。

そもそも、昨晩の騒乱を陛下はあらかじめご存じで、私などが出しゃばらずとも万事解決するように兵を配置しておられたのだ。むしろ私はそれを邪魔したのに。

玉座におわす陛下は、呆然としている私を見て時折おかしそうにクスクス笑っておられる。まったくの茶番である。

だが、アルバトス宮廷において昨晩までまったくの無名であった『ルディアンゼ』が、一夜にして英雄となってしまった事実に変わりはない。私が心の中で悲鳴を上げたのもやむなしである。いや、もしかしたら声に出ていたかもしれない。

でも――

こうして玉座でやさしく微笑まれているキリアさまのお姿を見ると、なぜこんなに胸が痛むのだろう。

これまでも、キリアさまのお姿を拝見するだけで、胸が高鳴ってドキドキして悶え転がるほどだったけれど、今は違う。玉座にいらっしゃる陛下が、粗忽な臣下に対しても笑顔をくださるだけで涙が出そうになる。

昨晩、ひたすらキリアさまの身を案じ、裸足で庭園を駆け抜けたときのことを思い出すと、今でも心がねじ切れてしまいそうだった。

キリアさまにもしものことがあったら――

二度とそのお声を聞くことができなくなったら――

不意に鼻の奥がツンと痛んで、思わずキリアさまから目を逸らしてしまう。

いただいた宝剣を額に押し頂いて、涙がこぼれないように必死にこらえた。

＊＊＊

式典の広間から退出すると、控室で待っていてくれた姉エファローズが、紅茶を淹れて私を労ってくれた。

「お疲れさま、ルディ」

「ああ、ありがとうございます、姉さま」

あたたかな紅茶を飲むと、少し昂っていた心が落ち着いてくる。

「まさか、恩賞をいただくことになるなんて」

「国王陛下の命をお護りしたのだから、大袈裟ではないわよ」

先ほど下賜された、ビロード張りの箱におさめられた宝剣を目の前に置き、私は苦笑した。

暴漢を撃退したのがルディアスだったら、金一封くらいは出たかもしれないが、栄誉ある宝剣を賜るような事態にはならなかっただろう。

それでも、どちらの私もキリアさまをお護りしたい気持ちに違いはない。

「姉さま。まだ自信はないけれど、私――決めました」

前後の脈絡もなく、唐突にそう切り出した。自分でも何を言いたいのかよくわからないし、姉からどんな言葉をもらいたいのかもわからない。

するとエファ姉さまは私の正面に座り、同じようにカップを手にしながら言った。

「ルディがどちらの未来を選んだとしても、私はそれを支持するわ。どちらも選ばないでいるより、ずっと建設的だしね」

「姉さまらしいですね」

「選んだ結果は自分で作るのよ、ルディ。あなたには、あなたにしかできないことがあるでしょう」

そのとき控室の戸がノックされ、ミミティアが恐縮しながら部屋へ入って来た。

「お寛ぎのところ失礼いたします。エファローズさま、ルディアンゼさま、この後は何かご予定がございますか」

「予定は、とくには……」

そう答える私の顔を、ミミティアは興味深そうに見つめる。この子はルディアスと親しいので、こうも間近で顔を見られるとさすがに……

「この後、おふたかたと夕食の席でお話をなさりたいと、国王陛下よりお召しがございますが、いかがでございましょうか」

「ええ、もちろんおうかがいいたしますわ。ねえ？　ルディアンゼ」

「あ……、否やのあろうはずがございません。こ、光栄でございます」

騎士のときのような言い方で返すと、ミミティアはじっと私から視線を外すことなく、くすりと意味深に笑った。

「ルディアンゼさまは本当にお兄さまとそっくりでございますのね。わたくし、ルディアスさまと親しくさせていただいております、侍女のミミティアと申します」

「そ、そうでございましたか。ルディアス――が、いつもお世話になっております」

「ルディアンゼさま、お兄さまはそれはそれは陛下想いの方でございます。お兄さまの意をぜひ汲まれてくださいまし」

「は、はあ……？」

何だろう、よく意味がわからない。そういえばこの子、ルディアスと陛下が道ならぬ関係だと思っているんだった――その通りだが。

そこへ突然割り込むようにやって来た女きょうだいに対し、釘を刺しているのだろうか。

相手はともかく、陛下が男とくっついてしまったら、それはそれで王国存亡の危機ではないかと思うのだが、いかがなものか。

陛下のサロンで夕食をとりながら、キリアさまはとにかく『ルディアス』のことをたくさん姉妹に話してくださった。近くに給仕をするミミティアがいたので、ルディアスとルディアンゼが同一人物であるという話題はいっさい上がらない。しかし、第三者的な立場で自分の評価を陛下からお聞きするのは、とってもこそばゆい……

「それにしても、ルディアンゼ姫の勇敢さには舌を巻く。これほどの騎士はアルバトス中を探しても他にはいないだろう」

「……恐縮でございます」

(お人が悪うございます、キリアさま)

だが、姉も事情を知っているくせにしれっと受け答えする。

「この子は、本当に幼いころからルディアスと共に剣ばかり振り回してきましたから。幸いにして、このように女らしく育ちはしましたが、心意気は殿方のそれで」

エファ姉さまは実に自然な台詞回しで、私をふたりの人間に仕立て上げる。しかし『女らしく』とは、どのあたりを指して言っているのだろう。

「十になる頃まで、ルディアンゼは自分を男の子だと信じていたのでございます、陛下。少し気の弱い男の子など、ルディアンゼの手下でございました」

手下って、言い方どぎつくないですか、姉さま。

しかし、姉の言葉は事実だった。村の悪童どもと戦ごっこをして、弱々しい男子や、近くでままごとをする女子たちを蹴散らしていたのである。ナルサーク村では、未だに私を男と信じている連中が多くいることだろう。

「それは勇ましいな、ルディアンゼ姫。どうだろう、その胆力を王都で生かしてみては」

「え――」

陛下、それはいったいなんの布石でございますか！

私が乾いた笑いを頬に貼りつけると、キリアさまはやわらかく微笑んで、手にしていた茶器をテーブルに戻した。


食後はソファに移って談笑したが、私の子供時代の話題に終始し、和やかなままナルサーク姉妹との会食は終わった。ミミティアは一礼して先に部屋を出て行く。

「今宵は実に楽しかった。すっかり夜も更けてしまったな。客室を用意させてあるので、このまま城で休んでいかれるといい」

「それではあまりにも……」

「一国の主として、こんな夜更けに美しい姫君たちを帰すほうが無粋だろう。城にはいくつも部屋がある、遠慮は無用だ。ただ――」

陛下はソファから軽やかに立ち上がると、姉の前に膝をついた。

「エファローズどの、ご両親の代わりに長姉たるあなたにおうかがいしたい。これから、ルディアンゼ姫を余の部屋へ招くことをお許し願えるだろうか」

ちょ、直球――！　正面突破をはかられるとは……

すると、エファ姉さまは穏やかに微笑んだまま返す。

「もったいのうございます、陛下。ルディアンゼは充分立派な大人でございます。彼女の意志に委ねます」

(即答ですか、姉さま!)

というか、何だろう、このとっくに打ち合わせずみのように息の合った会話。

そして私の意志と言えば……

「いかがだろうか、ルディアンゼ姫」

「――へ、陛下の仰せに……したがいます」

そうとしか言えないですよね? 断る選択肢とかないですよね!? 実は陛下に誘われて喜んでいるとか、まさかそんなこと――!

「では、わたくしは先に失礼させていただきます」

姉が部屋を出ると、外で待っていたミミティアが用意された客室へと案内していく。残された私の目の前には、陛下の御手が差し出された。

「お手をどうぞ、ルディアンゼ姫」

「は――はい」

陛下の手に手をのせると、そっとやさしく握りしめられた。その指先のあたたかさに胸がありえないほど高鳴ってしまう。な、なんだかいつもと様子が違う気がする。

手を引かれてキリアさまのお部屋にたどりつくまで、誰にも行き合うことがなかった。近衛の兵士もいない。つまり、これも世に言う予定調和というものでしょうか。

「ようやく堂々と招待できた」

見慣れたはずの陛下のお部屋だが、今日は仕事ではないのだ。初めてここでイタしたときは、仕事の延長で近衛騎士の鎧姿のままだったし、本当にコソコソ隠れながらだった。

だが今日はドレスを着て、堂々……とまではさすがに言えないものの、人に見咎められることもなく女として、アルバトス国王のお部屋にいる。明日あたり洗濯係のシリス嬢が騒ぎ出しやしないか心配だ。

「ルディアンゼ？　どうしたの、ぼうっとして」

「あ、いえ……、まさかルディアンゼとしてここに、来ることになるなんて……」

私の手を握ったままだった陛下は、私にソファを勧めるとその正面にお座りになった。

「昨晩のことは心より感謝する、ルディアンゼ姫」

「臣下としての責務を果たしたまででございます」

そう言うと、キリアさまは少し難しい表情をなさった。そんな気難しいお顔も素敵すぎて、なんだかまともに見られない。せっかく陛下のお顔をたっぷり拝するチャンスだというのに、目を逸らしてしまう。

「それにしても、さっきはいったいどうしたの？」

「さっき……？」

「式典のとき、なんだか泣いてるみたいに見えた」

そうおっしゃるキリアさまの表情がみるみる曇っていく。私を見る目がとても心配そうに翳っていた。

「昨日の夜会でも目を逸らされたし、もし強引なやり方でルディアンゼが不本意に思っていたのなら――」

「ち、違います！」

一連のことで私が不快に感じていたと、陛下はそう思われたのだろうか。そんな心配をおかけしていたのだろうか。私は反射的にソファから立ち上がっていた。

「……私、陛下がご無事だったことが、本当に嬉しかったんです。もしキリアさまが……」

言っているうちに、またしてもあの恐怖がぶり返してきて小さく手が震えたが、キリアさまがそっと私の手を取ってくださった。

「俺を心配してくれた？」

「あ、当たり前です！　キリアさまに何かあったら、私は生きていられません！」

なんてもどかしいんだろう、こんな言葉くらいでは私の気持ちなんてちっとも表現できていない。

するとキリアさまも立ち上がり、あろうことか私の前にひざまずいて、握りしめた手にキスをくださった。

「改めてお願いする、ルディアンゼ姫。余の――妻になってほしい」

私がキリアさまを見下ろしているなんて、こんなことが許されるのだろうか。

まるで夢を見ている気分のまま、キリアさまの深い瑠璃色(るりいろ)の瞳を見つめる。そして、吸い込まれるように床に――キリアさまの正面にひざまずいていた。

「私は不器用ですし、教養も人並み程度です。王妃どころかそもそも女として及第点からほど遠く、貴婦人としての嗜みも持ち合わせておりません。キリア陛下の足を引っ張ることになりかねないと、陛下の隣はあまりにも過分だと、そう思っております。ですが……」

あの襲撃の夜、キリアさまが害されるのではないかと知り、本当に心が潰れてしまうかと思った。もし、陛下が凶刃に倒れたりすることがあったら――

「ですが、私には陛下をお護りするための剣があります。何もかも歴代の王妃陛下には遠く及びませんが、私の剣にかけて、キリアさまをお護りしたいと思います。それでキリアさまのお役に立てるなら――ですから……」

何が言いたいのか自分でもわからなくなってきたけれど、つまり、つまり――

「余の守護天使として、傍らにいてくれるのか？」

「キリアさまが、そうお望み下さるのなら。どうか私を、陛下の剣に――！」

これが、私の選んだ未来。本音を言えば、王妃という身分に恐れをなしているのは変わらない。でも姉さまがおっしゃっていたように、選んだ未来は自分で作る。私にしかできない方法で、キリアさまのお側にいると、そう決めたのだ。

広い国王の私室でしばし互いに見つめあう。不意に床の上に座ったまま手を取り合っていることに気がついて、どちらからともなく笑い出した。

「ルディアンゼらしい。では、これからよろしく頼むよ、俺の――戦乙女」

「はい……はい！　キリアさま……ふつつか者ですが、どうぞ――」

だが、最後までは言わせてもらえなかった。床に座ったままぐっと抱き寄せられ、やさしいキスで唇をふさがれた。

頭を抱え寄せられて、小鳥がついばむような触れ合うだけのキスを繰り返す。普段よりずっと軽やかなものなのに、気恥ずかしい。

「ようやく承諾してもらえた」

間近でキリアさまのうれしそうなお顔を見る。お美しすぎてなんてまぶしい……！

「申し訳ありませんでした。ずっと、宙ぶらりんなままで」

「いや、俺のやり方もよくなかったし、これまでの生活が一変するんだ、ルディアンゼがためらうのは当然だよ。それなのに、俺の手を取ってくれた。ありがとう」

ありがとうだなんて……こんな私になんてもったいないお言葉！

キリアさまは私の手をやさしく取って立ち上がらせ、まだ顔を赤くしている私にまたくちづけをくださった。

「抱いてもいいかな？」

改めて問われると、なんだかとっても気恥ずかしい。今までは返事をするまでもなく問答無用だったので――いえ、なんだかんだで私も喜んでいましたが。

「は、はい」

うつむき加減にうなずくと、キリアさまはふたたび太陽のような笑顔を見せてくださった。私の言葉ひとつで、キリアさまがこんなに幸せそうに笑ってくださるなんて、まだ信じられない。

「ルディアンゼ」

相変わらず繰り返される軽いキスがぐっと深みを増す。重なり、唇をこじ開けて中へ分け入る。何度も舌を強引に絡められ、羞恥(しゅうち)のあまり目を閉じた。

「騎士姿のルディアスもいいけど、やっぱりドレス姿、かわいいよね」

それは私の言葉に翻訳すると、夜着姿のだらっとした陛下もいいけど、キリリと正装なさったお姿もまた格別ですよね！ ということだろう。

（ええ、キリアさま、よくわかります。人というものは、普段と違う姿にトキメクものなのでございます――！）

コクコクと力強く賛同の意を表してしまう私である。キリアさまに萌える乙女心は相変わらず健在だった。

キリアさまは私を抱いたままベッドに移動され、その端に私を座らせると、自ら床にひざまずいて私の靴を脱がせる。

「陛下、そのようなことをされては……！」

「いいから。ルディアンゼの脚はすらりとしていて、とてもきれいだ」

そうおっしゃるなり、長いドレスの裾をまくり上げて、素足にくちづけを施される。何だろう、この背徳的な動悸は……

キリアさまは私の脚をさわさわと触りながら、ふくらはぎから膝裏、腿へとどんどん手を這わせる。そして、内腿の刺激に弱い場所をくすぐるように撫でた。

「……っ」

膝の上までスカートをめくり、何度も私の肌を撫でていかれる。

（くすぐったい――！　や、なんだか変な声が出てきそう……）

そう、そうやっていつも陛下は私の意識をどこかに集中させておいて、いきなり不意打ちを喰らわせるのだ。今回も突然、肩を剥かれて、ドレスからぽろりとこぼれた乳房をいきなり咥えられた。

「っあ、――ん！」

舌でまさぐりながらそこを吸い、いきなりの豹変に戸惑う私をベッドに押しつける。そしてスカートの中に手を差し込み、ゆっくりと熱が上昇しはじめた割れ目を刺激した。

陛下は私の胸を包みつつ、割れ目を指で探る。

「ん、ぅ……く――っ」

キリアさまの指が、丁寧な動きで奥にひっそりと埋まっている花唇を呼び覚ます。すると、刺激を受けた蕾がとろりと花蜜をこぼしながらふくらみはじめた。

ただそれだけの動きだというのに、私の身体はひっきりなしに跳ねて、いやらしい女の声をこぼしてしまう。

「はぁっ、はぁっ、あぁん」

情欲に緩んだ顔を見られるのが恥ずかしくて顔を背けたいのに、キリアさまはそれをお許しにはならない。左手で私の顎をやさしくつかみ、胸から唇を離すなり口の中に舌を差し込んでくる。

唾液を流し込まれてこくんと嚥下すると、鼻腔がキリアさまの香りで満たされた。たまらず自分からキリアさまの舌に絡めてしまった。

お互いに口内を夢中で愛撫しあい、抱き合ってベッドに深く沈んでいく。こんなこと、好きな人としか絶対にできない。これから先も、キリアさま以外の人とは絶対に無理だろう。

やがて唇が離れていき、キリアさまは濃く美しい瑠璃色の瞳でぼうっとする私を見つめながら、乱れたドレスを剥がしていく。ふと、私の両腕に巻きつけられた包帯の上でキリアさまの手が止まった。

そこには、昨晩縛りつけられたときにできた擦り傷がある。

「ルディアンゼの肌にこのような傷を残して——許しがたい」

捕らわれた際に暴れたせいで、余計な傷が増えた。ほとんど自滅による負傷なのだが、キリアさまは包帯の上から傷痕に何度もキスをくださる。

「だが、無事でよかった。本当に」

「キリアさまさえご無事なら、私の命など惜しくはございません」

キリアさまは瑠璃色の瞳を細め、私の頬に手のひらを当てる。

「ルディアンゼは俺の剣になってくれると言ったが、俺はルディアンゼだけを犠牲にするつもりはない」

「……」

キリアさまの強い眼差しに、目が釘付けになる。ああ、私は本当にキリアさまが大好きだ。

頬にやさしくくちづけられ、ドレスをすべて脱がし、ご自身も国王の正装を解かれた。ふたりとも一糸まとわぬ姿で重なり合う。

「今夜は全力でルディアンゼを俺のものにするから、覚悟しておくように」

有無を言わせぬ力強いお言葉に思わず目が丸くなった。

横になった身体を起こされ、背中から覆うようにして抱きすくめられる。キリアさまの広い胸が背中に当たってひどく気恥ずかしい。腰のあたりに触れる陛下の硬いものが、私に情欲たっぷりの熱を伝えてくる。

だが、そんな羞恥心などあっという間に吹き飛ばされた。陛下は腕をまわして私の胸を両手ですくい上げ、くにくにと刺激したのだ。とがった胸の先端をつまんだり擦ったりする様が、私の眼下で繰り広げられている。

「あ、ぁん……」

くすぐったくて気持ちよくて思わず身をよじる。すると、肩ごしに唇をふさがれて、舌で中をたっぷりなぞられた。キリアさまの舌が私を煽るように絡まり、誘うように吸う。「もっと舌入れて」と、そうおっしゃっているのがはっきりわかった。

恥ずかしさはあったけれど、私から求めてキリアさまの舌に舌を這わせ、愛撫させていただいた。

(ああ……キリアさまの舌が……)

くちゅくちゅと卑猥な音に耳を犯され、淫らなくちづけを繰り返す。そのうちに、キリアさまの脚が巧みに私の膝を開かせ、そこからこぼれ出した蜜を指ですくった。

「あぁああっ、や――ん」

透明な愛液を指にまとわりつかせて、キリアさまの手が蕾に小さな振動を与えると、全身が震え出した。

キリアさまの厚い胸に背中を、大きな左手に微かながらの乳房を預ける。そして右手の巧みすぎる律動に身を委ねれば、全身をキリアさまに支配されている感覚に陥り、いつの間にか恍惚となっていた。

抗いがたい快楽に、私の声からは理性的な響きが失われる。キリアさまはそれを助長するように、丹念な愛撫をそこに加え続けた。

「ルディアンゼ――」

一番敏感な花芽を割って、直接そこに響くように指先を当てられた途端、頭の中が真っ白になった。

「あぁっ、あああっ！」

「感じやすいね、イっちゃった？」

「も、申しわけ――ん、ぅんん」

反射的に謝罪しようとすれば、それを阻止するようにキリアさまがふたたびくちづけ、舌を忍ばせてくる。四方八方からキリアさまに攻め立てられて、逃げられない。

そう思ったら、下腹部から際限なく熱い蜜があふれ出した。

いやしくも国王陛下のベッドを淫らな蜜で濡らし、ぐったりとした身体で陛下にもたれかかる。

（なんて――罰当たりな……）

そう罪悪感を覚えてはみても、陛下のくださる悦楽に抵抗できるほど、私は強くなかった。小さく身体を震わせて、キリアさまの腕の中で縮こまって目を閉じる。すると、解かれた髪をかきわけ、キリアさまの唇が首筋、肩、背中と、私の身体中にくちづけの刻印を施していく。

「あふ……ふ、ぁ――」

「ルディアンゼの背中、きれいだね」

背中をキリアさまに覆われた状態で、うつぶせにベッドに押しつけられてしまう。背中にキリアさまの重みを感じると、指で弄られたままの秘裂がきゅんきゅん疼き出した。

お尻だけ持ち上げた格好で、キリアさまに胸も下腹部も同時に攻め立てられる。なんて淫らがましい……

それにしても男性の体重はずっしり重く、筋肉の重さが直に伝わってくるようで少しうらやましい。何しろ私がいくら鍛えても、こんな重量感は生まれてこないのだから。

一瞬、そんな場違いなことを考えていたら、ふとキリアさまのぬくもりが背中から消えた。

「……?」

肩ごしに振り返ると、キリアさまは上体をお起こしになっていた。そして私の腰をつかんで持ち上げると、濡れた場所を鋭くとがったもので貫いたのだ。

「……んっ！　んぁあ――あ」

熱く鋭利なもので中をかきまわしながら、割れ目を探る指も止まらない。やさしく奥の花芯を震わせ、私の中から雑念を追い払うのだ。

（まだ果てた直後なのに……っ。何これ、気持ちよすぎて……）

先のお言葉通り、キリアさまの本気を味わわされている、そんな気がする。ありとあらゆる手管で、私の身体の隅々まで制圧しようとなさっているのだ。

腿を濡らすほどにあふれた蜜がますます卑猥な音を奏で、キリアさまの熱い楔を受け入れる。後ろから奥のほうまでやさしく突かれ、絶頂の余韻も醒めないままの膣を擦られた。その瞬間、無意識にキリアさまのものを咥えこんだ狭隘を締めつける。

「ん――っ」

キリアさまの熱い吐息が耳元をくすぐっていく。

呼吸を乱されているキリアさまの体重を背中で受け止めると、そのままふたりでベッドに崩れ落ちた。

――夢のような、という表現は陳腐ではあるけれど、この晩はその一言に尽きた。

陛下のたくましい身体の下に組み敷かれて、この身を委ねるだけだったが、ただ身体を弄られているわけではない。これまで気づけなかったキリアさまの想いが、手や唇を通じて伝わってきた。

私のどこをそんなにお気に召してくださったのだろう。私の名を何度も呼びながら身体のいたる場所にくちづけ、泉のように滾々と蜜の湧く場所を愛撫して――それでもまだ足りないと言わんばかりに、喰らいつくようなキスを仕掛けてこられる。

舌が絡み合い、あふれたものを呑みくだす。このまま身体が溶け合ってしまいそうなほど深く、キリアさまは私の身体の内部に入り込もうとなさる。

「ああ……」

キスの合間にあふれるのは吐息ばかりで、喘ぐ声も封じられる。大きな手で背中を包まれていると、本当にキリアさまに溶けてしまいそう。

「ルディ、ルディアンゼ。余の花嫁――」

「……ふ、あっ、あ――っ！」

耳元で幾度もそう囁かれる。返事はできなかったが、陛下のお言葉を無視しているわけではない。全身の愛撫に真っ先に頭の中が蕩けてしまって、何も考えられなかった。

もはや、陛下のくださる甘い睦言さえ私には苦しくなるほどの快感で、言われるたびに小さな絶頂に見舞われてしまう。

キリアさまの背中に腕をまわしてしがみつき、全身がわななく。大好きな方に愛されるというのがこんなにも幸せなことだったなんて。知らなかった頃にはもう戻れない。

「俺だけのものだ、ルディアンゼ」

「キリ、ア、さま……っ」

陛下のお言葉に応えようと口を開いたが、たちまち深いくちづけに声を奪われてしまった。それと同時に、キリアさまの滾った熱塊がまた中を抉る。

息を呑んだ瞬間、それは淫猥な音を立てて私を攻め立てはじめた。

「んぅ――っ」

（陛下、これではお返事ができません！　あ、あっ、そんな激しくされたら……！）

唇を深く重ねたまま、キリアさまは容赦なく私の中に楔を穿ち続け、奥まで突き上げる。

キスでふさがれていなかったら、どんなにはしたない声を上げてしまっただろう。もう、気持ちよすぎて身体がばらばらになってしまいそうだ。

「んん、ぅんっ……！」

充分に呼吸することができず、苦しくなってくる。でもその苦しささえ快感になってきて、必死にキリアさまの首にしがみつきながら腰を揺さぶり、もっと陛下を奥深くまで呑み込んだ。

「ルディアンゼ……」

「あぁんっ！　や、あああ、キリアさ——まぁ！」

もっとめちゃくちゃにキリアさまに愛してほしい！　そうとは言えない代わりに、大きく脚を開いて陛下を受け入れる。

その熱と、文字通り融合している場所をぎゅっと締めると、キリアさまの吐息が深くなり、私のささやかな胸を唇で食んだ。じんじんと胸の頂きが痺れ出し、舌をすぼめるようにして吸い上げられると、きゅんと身体の中に響く。

「はぁっ、はぁっ……」

キリアさまの吐息を聞けば聞くほど、頭がのぼせてくる。熱に浮かされたような瞳が、ベッドの上で溺れている私を見下ろしていた。

「全然——いくらしても、もっとルディアンゼが欲しくて、たまらない」

「私も……」

汗ばんだ身体は軽く疲労を覚えていたけれど、もっとキリアさまに深い場所まで暴いてほしくて、ぎゅっと抱きしめた。

男の人の、厚みのある身体。キリアさまのなめらかな肌が指先に心地よい。脇腹や背中をなぞると、一瞬、キリアさまが身体を震わせた。

「ルディアンゼに触れられると、気持ちいいな」

キリアさまに上体を抱き上げられると、つながり合った状態で向かい合わせに座る。

「な、なんだか、恥ずかしいですね……」

赤らむ頬をごまかすようにキリアさまのお顔を見れば、瑠璃色(るりいろ)の目を細めて微笑まれ、ますます顔が赤くなった。

そのまま抱き寄せられたが、私のぺたんこな胸では、キリアさまの小さなお顔を埋めるにも至らない。ちょっと泣きそうになったけれど、キリアさまはとがった先端を舐め、舌先で朱色に染まった粒を転がす。

「んん……」

陛下の肩に手をかけて、その小さな快感に耐える。すると黄金色の髪の合間から覗く耳が目に入った。反射的にそこに唇を寄せ、耳たぶを甘噛みしてしまう。

「わっ……」

キリアさまがビクッと肩を震わせ、私の胸から唇を離した。

「も、申し訳ございません――痛かった、ですか……？」

力なんてまったく入れていなかったけれど、キリアさまの耳たぶに歯を立ててしまったのだ。雰囲気に流されての行為とはいえ、よくよく考えてみれば国王陛下に噛みつくなんて――

「いや、痛くないよ。ちょっと、気持ちよくてびっくりした」

自らの耳を指ではさみ、キリアさまは苦笑する。

「今の、もう一度やってよ」

「はい――」

失礼のないようにそっとやわらかな耳たぶを食むと、キリアさまはくすぐったそうに身体をよじった。その反応が新鮮で、肩や胸、背中など、私が大好きなキリアさまの部位を撫でていく。

「ん……」

鎖骨に舌を這わせると、キリアさまのため息が耳朶を打った。

するとキリアさまもお返しとばかりに私の背中を撫で、いやらしく結合して濡れている割れ目をなぞる。

「キリアさ、ま……」

恥ずかしい音を立てられ、身体の芯がますます快感を覚えてしまう。うわずった声があふれそうになったが、それを呑み込むようにキリアさまの乳首に吸いついた。いつもされていることを思い出しながら舌を絡めると、キリアさまの肩がまた小さく震えた。

キリアさまが、私のつたない舌の愛撫で感じてくださっている――。それがうれしくて、キリアさまのお身体の隅々まで撫でまわし、唇で食(は)み、舌でくすぐった。

「あぁ――、ルディアンゼ……っ」

陛下の呼吸が甘く乱れる。それを聞き、私はキリア陛下に貫かれたまま、そのお身体にしなだれかかって愛撫を続けた。

「も、イキそうだ――」

キリアさまが私の腰を持ち上げ、楔(くさび)を咥(くわ)えこんだ場所を刺激する。きゅうっと子宮が縮み上がり、一気に高みまで持ち上げられた。

「あ、ああ……！」

全身が強張り、絶頂に震えそうになった直前、陛下は私の身体をベッドに押し倒した。そのまま激しく陛下の剛直に抜き挿(さ)しされる。容赦なく濡れそぼった割れ目を刺激され、ほとんど悲鳴に近い喘(あえ)ぎ声を上げて必死にしがみついた。

「愛してる、ルディアンゼ。ルディアンゼ――」

キリアさまの想いの深さをそのまま見せられている気がして、知らず知らずに涙がこぼれた。

胸が苦しい。

キリアさまのお顔を見ると、切なくて涙が出る。

「わ、私、キリアさま」

陛下に激しく攻められながら、震える手を伸ばしてその頬に触れる。

「私も、キリアさまを……愛してい、ます……」

一瞬、キリアさまの動きが止まった。

夜空色の瞳は探るように私を見つめた後、口元を緩めた。

「愛してるなんて――ルディアンゼに言われたのは初めてだ」

(そんな……もう長いことキリアさまを好きでいたので、何百回、何千回と言っていた気がするのですが……！)

キリアさまはお顔を近くに寄せ、目を細められた。なんて色っぽい表情をなさるのだろう。

「ごめん、ルディアンゼ。もう一度」

改めて求められ、私はうろたえた。でも、キリアさまは真剣に私の言葉を待っていらっしゃる。

覚悟を決めるように大きく息を吸い込んで、キリアさまのやわらかな黄金色の髪に指を絡めた。

「キリアさまを……愛しています」

「――俺もだよ」

私の首筋にお顔を寄せられた陛下は、そのまま私の頬や唇にキスの雨を降らせながら、楔を深くまで打ち込んだ。

「あっ、ああ……っ」

熱い吐息と、水音と、身体がぶつかる音、陛下の囁き、私の嬌声。

燃え盛るような熱を裡に咥え込み、いくたびも揺さぶられて絶頂に追い立てられる。

ふたりだけの秘め事はいつ果てるともなく続いた。夜が更け、私の中で何度目かのキリアさまの熱情が弾けた瞬間、私は頭が真っ白になるほどの快楽に呑み込まれて意識を手放した。

☆。•。。☆。•。。☆

目を覚ますと、カーテンの向こうがうっすらと明るくなっていた。朝の光が少しだけ部屋の中に入ってきている。

なんとなく重たい身体の奥に鈍痛を感じる。濡れたままの秘部や、キリアさまと交わった証拠が残る肌を感じながら、私は顔を横に向けた。

キリアさまは、まだ寝ていらっしゃる。私の胸にキリアさまの腕がのっていて、くすぐったい。思わず頬がほころぶ。

そっと愛しい頬に触れてみると、うっすらとひげの感触。ああ、女性もかくやというほどの、こんなにも麗（うるわ）しいお顔立ちをなさっているのに、キリアさまは男なのだ。私がいくら男を気取っていても、こんなちくちくしたものは生えてこない。肩や腕だって、どれだけ鍛えてもキリアさまに遠く及ばない。

「キリアさま」

朝の光を受けて輝く金色の髪を指に絡めれば、やわらかな猫っ毛がするんと私の指を滑り落ちる。眠っていると余計に際立つ長い睫毛（まつげ）、形よく整ったお鼻や絶妙なバランスの唇の厚み。

結婚したら、これらすべてが私ひとりのものに――それはそれで生唾ごっくんものでは……！

眠っていらっしゃる陛下の肩にすり寄って、私がもっとも愛する部分である、大胸筋と上腕二頭筋にそっと触れる。細身な見かけとは裏腹に、充分に厚みのあるお身体が——

（きゃー、朝からご褒美すぎます！）

キリアさまをつんつんして朝から悶え転がる。ああ、なんて幸せな。幸せすぎて叫び出したくなる！

陛下のベッドの上であやしく笑いながらごろごろしていた私だったが、陛下に背を向けた瞬間、伸びてきた腕にぎゅっと捕らえられた。気がついたらキリアさまの腕の中で。

「おはよ」

「お、おはようございます……陛下」

（キリアさまの裸のお胸に、だっ、抱き寄せられて、目の前にキリアさまの胸板がぁ！　ダメだ、気が遠くなりそ……）

『寝起き悪魔のキリア』はどこへやら、陛下は朝の陽光を全身にまとい、キラキラまぶしい笑顔で私の顔を覗き込まれる。神の降臨か。

こうしてお顔を見上げていると、昨晩の唇がふやけそうになるほどの深いキスや、身体中が重なりあうほどに深く交わったことが、つい先ほどのことのようによみがえってくる。

な、なんてことを思い返してるの、私ってば！

「自分の都合のいいように記憶を捏造（ねつぞう）してる気がするんだけど……これは夢じゃない？」

そう言ってキリアさまは、私の顔に麗（うるわ）しくも神々しいお顔をぐっと近寄せる。

また私がためらいの言葉を口にするのではないかと、キリアさまは本気で心配しているようだ。

こんなにも私を求めてくださったキリアさまに、私ができることといえばひとつだけ。

「ルディアンゼはずっと、キリアさまの隣におります――妻として」

そう告げると、たくさんのついばむようなキスが降ってきた。私はキリアさまの首に腕をまわして遠慮がちに抱きつくと、うっすらとひげの伸びた頬に唇を寄せた。

「ようやく手に入れた、俺のルディアンゼ――」

力強い腕に抱き留められ、唇がまた重なる。

こんな甘い日々がこれから毎朝続くのだ――夢ではなくて。

(これから先も、ずっとずっとキリアさまのお寝顔に悶えても、許されるのでございますか――!)

私、近いうちに悶死するかもしれませんが……ええ、本望でございます。

甘く淫らな  恋物

貪り尽くしたいほど愛おしい！

定価：本体1200円＋税

魔女と王子の契約情事

著 榎木(えのき)ユウ　イラスト 綺羅(きら)かぼす

深い森の奥で厭世的に暮らす魔女・エヴァリーナ。ある日彼女に、死んだ王子を生き返らせるよう王命が下る。どうにか甦生に成功するも、副作用で王子が発情!?　さらには、エッチしないと再び死んでしまうことが発覚して――。一夜の情事のはずが、甘い受難のはじまり!?　愛に目覚めた王子と凄腕魔女のきわどいラブ攻防戦！

二度目の人生はモテ道!?

定価：本体1200円＋税

元OLの異世界逆ハーライフ

著 砂城(すなぎ)　イラスト シキユリ

異世界でキレイ系療術師として生きるはめになったレイガ。瀕死の美形・ロウアルトと出会うが、助けることに成功！　すると「貴方を主として一生仕えることを誓う」と言われたうえ、常に行動を共にしてくれることに。さらに、別のイケメン・ガルドゥークも絡んできて――。昼はチートで魔物瞬殺だけど、夜はイケメンたちに翻弄される!?

詳しくは公式サイトにてご確認ください。

http://www.noche-books.com/

掲載サイトはこちらから！

月彩香（ゆづき あやか）

浜在住。覚えていないほど昔からweb小説を書き続け、「聖なる魔
と悪魔の騎士」（一迅社）にて商業デビュー。趣味のダンス・ヨガは、
近年の多忙によりご無沙汰中。

イラスト：ひむか透留
https://twitter.com/hi_tohru

本書は、「ムーンライトノベルズ」（http://mnlt.syosetu.com/）に掲載されていたものを、改稿のうえ書籍化したものです。

乙女な騎士の萌えある受難

悠月彩香（ゆづきあやか）

2017年2月28日初版発行

編集－羽藤瞳
編集長－塙綾子
発行者－梶本雄介
発行所－株式会社アルファポリス
〒150-6005 東京都渋谷区恵比寿4-20-3 恵比寿ｶﾞｰﾃﾞﾝﾌﾟﾚｲｽﾀﾜｰ5F
TEL 03-6277-1601（営業） 03-6277-1602（編集）
URL http://www.alphapolis.co.jp/
発売元－株式会社星雲社
〒112-0005東京都文京区水道1-3-30
TEL 03-3868-3275
装丁・本文イラスト－ひむか透留
装丁デザイン－ansyyqdesign
印刷－中央精版印刷株式会社

価格はカバーに表示されてあります。
落丁乱丁の場合はアルファポリスまでご連絡ください。
送料は小社負担でお取り替えします。

ISBN978-4-434-23024-0 C0093